U0037175

地 大 地 大 地 大 地 大 地 大 地 大 地 大 地 大 地 大 地

地大地大地大地大地大地大地大地大地大

# 台灣本地作家短篇小說選

劉紹銘◆編

陳若曦　王禎和　七等生　施叔青
黃春明　楊青矗　銀正雄

大地出版社

# 台灣本地作家短篇小說選（修訂本）

劉紹銘

## ——序——

我得爲本集子的標題說幾句話。

所謂「本地」作家，就是定居台灣，土生土長的作家。只要符合這原則，原籍哪裡就不重要了。

我之要強調這一點，無非是爲了我個人一樁心事。去年我替中國時報的「海外專欄」寫了一篇短短的文章①，裡面曾慨嘆過五四以來的中國小說家中，能夠成家的，幾乎沒有廣東人的份②。我當時的推測是廣東人受了方言的限制。如果三四十年前的廣東人能有台灣「本地人」今天那種普遍講國語的機會，那麼，說不定廣東人會出一兩個像樣的

小說家來。當然，說得一口漂亮國語的人不一定會寫文章，而國語講得蹩腳的也一樣可以寫好小說。藝術這回事，我是越來越迷信天份了。不過，教育環境——因此附帶著語言環境——實在使一個有天份的作家事半功倍。張愛玲不是北方人，但她的小說語言多漂亮。這一點，與她能講一口流利的國語有著絕大的關係。如果她能講的語言，只是上海話或蘇白，她的文體，是否可以使上海人或蘇州人以外的讀者一樣覺得迷人？這就大成問題了。

這是我對台灣本地作家作品感到特別興趣的理由（因爲我是個在香港土生土長的廣東客家人）。台灣的土話是閩南話，因此，如果不是國民教育和日常跟「大陸人」接觸的關係，迫著大家說半吊子國語，那麼，台灣本身語言環境對白話小說家的長成，也是跟廣東一樣不利的。因此，我以前所說的話，說廣東人寫小說受語言限制，現在還站得住腳。不過，這種限制，以後也許會因國語普遍推行而消失了。

除上述語言環境的理由外，這集子標題用「本地」二字，還有第二個意義。那就是感性問題。換句話說，在台灣土生土長作家對台灣「現實」的看法和表現方法，跟大陸來的作家究竟有什麼不同呢？我個人認爲，身分不同，感受自然不同了。這種不同的感受，自自然然流露在作品上。如果我們拿所謂「大陸派」作家與台灣本地作家籠統的比較一下，我們不難發覺到前者的作品，不管發生的地點在臺北也好，台南也好，小說中人的生活總多多少少與「大陸的記憶」帶著一點藕斷絲連的關係。老一輩的作家固然如此，即使年紀輕輕的，中學大學都在台灣唸的也如是。這也難怪，他們因著家庭環境的關係而承受了上一代古老的記憶。這種心理狀態，對傳記文學可能有好處，對寫實文學的發展，卻是一種大障礙。這種心理一天膠著，那麼，即使司馬中原能用台灣方言來寫一本以台灣做背景類似「狂風沙」那種題材的小說，其效果絕不會如黃春明用普通話，以短短的數千字，就能勾劃出一幕台灣農村喜劇（如「癬」）那麼富眞實感。

年輕一代的台灣作家，沒有到過大陸。而且，也不容易湊巧生長在到過大陸的家庭中。在人生經驗來講，他們可能覺得生平未到過大江南北是一憾事。但在寫作生活方面，這未嘗不是好事，因爲在他們的記憶中，少了一種纏綿的負擔。他們可以一心一意的審視他們的世界。鹿港雖小，卻限制不了施叔青神話性的想像力——如果她跑的地方多，閱歷廣，她也許不會再對她「泥像」裡的神話世界感興趣了。（語出她一個短篇小說的題目：「泥像們的祭典」）

在這一方面，台灣本地作家——尤其是未喝過洋水的，或在未喝洋水以前寫成的作品——與美國南部幾位代表性的作家如福克納、田納西・威廉士和卡遜・麥考萊等有些相像的地方。他們憑著自己豐富的想像，給他們故鄉裡一條荒涼的大街，一間客人和酒保都在打瞌睡的咖啡店賦予豐富的生命力。遊客跑到那裡去，可能覺得落後，無聊，不到第二天就走了。可是在欣賞他們小說的讀者心目中這條大街，這間落寞的咖啡館，卻是他們的大千世界，裡面各主角人物所過的生活，比他們自己日常所過的生活還要熟識，還要眞實。

這一世界，大概只有對台灣風土人情，生活習慣熟悉得生出愛或生出恨來的台灣本地作家才能創造出來。美國批評家雷斯里．費艾特勒（Leslie Fiedler）在一篇叫No!in Thunder 的文章提到福克納有一次對他的崇拜者說：「如果你想寫好一個地方，你先要恨這個地方……即如男人恨自己的老婆一樣。」③我想後面那一句話很要緊，因爲夫婦的關係，通常是愛恨交織的。如果一個作家只懂得恨他要描寫的地方，那麼他寫的小說就沒有人要看了。「大陸派」作家在心理上一向只是覺得自己「客居」台灣，就不容易產生這種強烈的愛憎感。

前面所提的感性問題，關鍵在這裡。

最後應該一提的是選稿的原則。

十年來，台灣小說家人才輩出。寫得好的，應該收入集子的，當然不只現在收入的幾位。與目前幾位同輩的，小說寫得很出色就有歐陽子（洪智惠）。這集子之所以沒有把她的作品放進去，原因不外是：她雖然是台灣人，可是她作品的重心，是非常內向的，無論文字也好，內容也好，都與這集子所強調的「台灣感性」無大關係。她是一位中國小說家，一如張愛玲、姜貴和白先勇是中國小說家的道理一樣。而黃春明、七等生、楊青矗、王禎和、銀正雄等人在我看來，是地方感性非常強烈的作家。

另外一個需要說明的地方，就是個別作家作品的代表性問題了。

這不是一本「台灣作家最佳短篇小說選」。因此，收入這集子的各個作家的作品，不一定就是那位作家的最佳作品。最有代表性的作品，也不一定是作者本身最心愛的作品。

一個批評家，一個編輯人，不管他自己聲稱怎樣客觀，可是在立論時，在選稿時，極難完全避免主觀的見解和個人的偏好。葉慈編的一九三六年出版的「牛津現代詩選」(The Oxford Book of Modern Verse)，沒有把威爾弗烈·歐文(Wilfred Owen)列入，幾乎引起公憤，但他一點也沒有覺得自己走了眼，因爲他不喜歡「血腥骯髒的詩句」，還說歐文因爲環境特殊，寫這種詩還情有可原，最不可饒恕的是喜歡這種詩的讀者。我把葉慈拉出來，用意無非是要拿他來擋陣，因爲我編這個集子，就明顯的夾雜著我個人的好惡。譬如說，黃春明的「看海的日子」，就技巧和社會意義來講，可能不如他那篇更出名的「兒子的大玩偶」。可是對我個人說來，「看海的日子」的型式，是中國近代小說中少見到的「聖徒傳」(hagiography)的型式，因此我覺得特別有價值。

又譬如說施叔青的小說。以傳統小說眼光看，施叔青的作品最像小說的該是「紀念碑」，「池魚」和「安崎坑」。但這三篇東西雖像小說，卻不像施叔青——不像那個把自己說成是「背著自己的墓碑在荒山中找埋葬自己的地方」的人。因此我挑了在感性上與「壁虎」、「瓷觀音」和「凌遲的抑束」相似的「約伯的末裔」。

陳若曦在台大外文系念一年級時，就開始寫作了，作品多發表於「文學雜誌」，計有「週末」、「欽之舅舅」和「灰眼黑貓」三個短篇。一九六〇年三月「現代文學」創刊後，她的作品，便經常在這裡發表，「最後的夜戲」就是這一個時期的產品，也是最接近台灣生活的一篇。「本省籍作品選集」的編者說她「初期作品，多帶神秘意味：而後作品都以本省風土人情爲主……。她的文體冷酷而乾燥，富於客觀性，描寫人物的心理狀態，尤其具有深度。」

王禎和的「嫁粧一牛車」是他寫的小說中最著意用「自己的語言」經營的一篇，也是自創文體最具野心的一篇。要戲劇化的描寫台灣鄉下「鄙野村人」的生活，在某一程度上用自己創造的台灣土話，自然會收到理想效果。譬如說，「奸你母底上哪裡去？」絕對比「跟你媽媽睡覺的人上哪裡去了？」這種文謅謅的說法更能盡侮辱之能事。

不過，著意用土話經營的小說，往往受到先天條件的限制。那就是，土話用得越精采，作者跟他非土著讀者的隔膜越深。譬如說，對通曉蘇白的人說來，「海上花列傳」可能是一部鉅著，可是要一個連一句蘇白也不會的人來看這本書，那眞是名副其實的霧裡看花了。

可幸的是，「嫁粧一牛車」在王禎和的作品中是一個例外。而即使在這例外中，他自創的台灣話也是用得適可而止，沒有太多令我們摸不著頭腦的地方。讀者一旦習慣了這篇故事的語言後，就很容易發覺裡面的萬發，實在是台灣近代小說中一個難忘的人物。他的身分雖然卑微，可是他一生中爲維持做人最起碼的尊嚴所作的種種奮鬥，以及後來面臨的失敗，卻是「做人難，吃飯更難」這句最簡單而又可怕的話的最佳寫照。

嚴格來講，七等生寫的是寓言，不是小說，他的人物是怪誕的，國籍不分的，既有亞茲別、拉格，又有羅花太郎、土給色。他的中文句子也是飄忽的，吊兒郎當的，好像患了小兒麻痺症一樣，不能單獨站起來。且看他「初見曙光」開頭的一句話：

驚奇地互相看見；一班星期天的午後快車沿著海岸向南方急駛……

可是這樣一個「不守章法」，「不守規矩」的作家顯然很受讀者歡迎。「文學季刊」第六期就有一封署名魏仲智的輔仁大學學生來信說：「七等生……永遠是那麼憂悒，永遠爲我們創造著午睡時的夢魘一般的世界。好在我們有了七等生，否則我們這種無由排遣的煩悶會逼得我們去自殺呢……」

這樣看來，七等生對目前中國讀者的「功用」，與卡夫卡對戰後歐美讀者的「功用」差不多。他代我們受罪，替我們做犧牲，也因此減少了我們受夢魘壓迫時的痛苦。

他故事中寓言的意味，讀者不難從本集子所選的一篇「我愛黑眼珠」看出來。

楊青矗在他的短篇小說集「在室男」的後記中這麼說：「也許我吃了太飽的人間煙火，我的作品頗多人間的煙火味，空靈不起來。自從五、六歲略懂事起，在家鄉常聽到父老們訴說被日本軍閥壓迫的憂傷；長大後從農村到城市，從商場到工廠，時時可看到人與人之間的糾紛，人人爲生活的苦鬥……」

驟看來，「冤家」是日本軍閥壓迫中國農民的故事。其實，對人、對故事那對「冤家」迫害得最力的，是那位「在村子裡喊得響……沒有人敢得罪他；三兩句話不合聽，就要拿鋤頭跟人拼命」的伯父。照此看來，「冤家」實在可以說是台灣版的「羅密歐與朱麗葉。」

余光中在「中國現代文學大系」的總序中，對近二十年來中國文學在台灣發展的動態，有如下的分析：「來台的作家們，逃避的和反抗的就是前者的集體主義和淪爲政治工具的宣傳文學。在那樣的餘悸和厭煩之下，一般作家甚至對一切直接反映現實社會的文學，都起了反感，至少起了懷疑。餘下來的一條路，似乎就只有往內走，走入個人的世界，觀感經驗的世界，潛意識的世界。」⑤

也許楊青矗果眞如他自己所說，「吃了太飽的人間煙火」，所以他的作品，很少走入個人的或潛意識的世界。他收在「在室男」的十三個短篇中，最少有六七個以上可以說得上是「直接反映現實社會的文學」。因此，我們可以說，楊青矗是本集子的作家中，幾乎是唯一沿著台灣前輩寫實作家鍾理和路子走出來的人。

銀正雄原籍湖南，雖不在台灣出生，卻在台灣長大。他不但是本集中最年輕的一個作家，而且是大陸出生的作家中，寫得最有台灣感性的作家。（在這一方面，他剛與在台灣出生的林懷民相反。）如果我們把大陸來臺的作家勉強分爲三代，那麼姜貴、白先勇和銀正雄三位先生的風格，可作這三代的代表。姜貴先生雖身處台灣二十多年，可是他的作品，我所見過的，沒有一篇是以台灣爲背景的。姜貴先生的感性和記憶，同屬三十年代作家。白先勇的「臺北人」，用的雖是台灣背景，可是所創造出來的成功小說人

物，無一不是「大陸人」。

大陸出生的作家，到了銀正雄這一代，已脫胎換骨。「返鄉」的讀者，如果不是看了這一段短短的介紹，相信絕不會想到銀正雄是「非本省人」。如果我們說「大陸人」和「本省人」近年來在感情上相處得水乳交融，銀正雄是個好例子。

中國這個民族，以前因爲方言不同的關係，使人與人之間的相處，隔了一條「語溝」，造成了種種不幸的誤會、猜忌和紛爭。

銀正雄這一代，是個新起點。這是我隔了三年後修正本集初版時所寫的序言最感到安慰的事。

「中外文學」編輯顏元叔兄授權刊用「返鄉」一文，非常感激。尉天驄先生在本集編務上，幫忙至大，特在此再致謝意。

本書所收小說，每篇篇末，均註明原載刊物和出版日期。對這些給我轉載權的作者和編者，再在此一拜致謝。

一九七二年五月廿七日識於新加坡大學

一九七五年七月二十六日台北改寫

**附註：**

①此文現收在晨鐘出版社出版的「海內知己」和我自己的「靈臺書簡」中。

②凌叔華當然是個例外。但她雖是廣東人，可是二十多歲就跑到北京去唸大學（燕京），語言上佔了大便宜。如果她世居廣東，連一句國語也不會說，是否能寫出如「茶會以後」，「繡枕」和「中秋晚」這樣優美的作品來，實屬疑問。

③"To write well about some place, you've got to hate it. The way a man hates his own wife"。

④一九六五年台灣文壇出版社出版了一套由鍾肇政主編的「本省籍作家作品選集」，共十冊。除他自己的一個長篇小說「流雲」佔去一冊外，其餘八冊是短篇小說，被選上的作家計有六十七位。最後一冊是新詩，有詩人九十四位。

一九七二年台灣巨人出版社推出了「中國現代文學大系」八本，分小說四輯，散文和新詩各兩輯。

在四輯小說中，「大陸派」的作家（由張愛玲開始）佔六十五位，而台灣籍的作家則有三十四位，佔總數三分之一強。

⑤見余光中「總序」，「中國現代學大系」，一九七二年一月台北巨人出版社出版。

# 目錄

# 最後夜戲

陳若曦

一陣急驟的擂鼓，之後，銅鑼孤單地呼響。金喜仔跨上前台，優雅地舉起雙手分別在兩頰一碰，下頷一比，然後袖攏了手，應和著緩而促的鑼聲向前邁步，一步跺一聲「鐺！」到台前中央，含混地唸了一句對聯，便轉身，低頭，進門，走兩步到桌案前，從案旁拉過一把椅子坐下。「啊——」一聲後，鑼聲啞去，金喜仔沙啞的嗓子開始乾燥地播出：「奴家——雪梅……」

她痲木唸著台詞，一面渾渾噩噩地瞧著戲目板上貼著的大紅紙條。最後一夜戲，「大宋英烈傳」好不容易做完了，爲了招徠觀眾，加演「雪梅思君」。那四個疏疏朗朗的墨筆字在她眼前飛舞，令她有點昏旋。她覺得嘴唇乾裂，舌頭黏答答的，一句句台詞都像在石磨子下壓擠出來似的，艱澀又稀鬆。只要喝口糖水，她心底開始呻吟。望著前方，迷迷糊糊地，在一堆黃黃黑黑的人頭上，她瞧見一杯糖水，透明的玻璃杯，盛著淡黃光亮的糖水。貪婪地，她瞪著它。玻璃杯開始膨脹，它上下左右地伸展，伸展；糖水逐漸晃動，晃動，接著像波浪般洶湧氾濫，終至把戲院的屋頂，牆壁，人頭全吞淹了去……

梆子突然敲響，三弦琴開始嗚咽；她微微吃了一驚，下意識地站起身來，向台前移步，同時張口唱起來：

雪梅自嘆命薄——思念夫君——淚雙垂——

她在台前唱著，無聊地，眼睛打量著觀眾：三十排的木板椅子只坐了一半，多半是老人和小孩；老太婆搖著紙扇，斜睨著眼睛；男人或噴著紙煙，或大口地呑汽水；孩子們在後頭奔跑，打架，賣冰棒的小孩低聲吆喝著，一只眼搜索雇客，另一眼瞪著台上的她。後台傳來拆卸重物，搬移箱櫃的聲響，遲重的，不耐煩的拖拉聲。

她覺得既疲倦又失望。來蘆洲鄉三次了，雖每下愈況，但總沒像這次這樣惡劣。還記得第一次來時是十八歲，那已是十年前的事了，戲票老早搶購一空，還賣了成百張的「站票」，賞銀的紅紙條，一直貼到大門口，多少男女迷著她，每晚等在後台門口……四年前來時，附近蓋了一家電影院，正放映一部美國片，女人不穿上衣，露出大腿，和男人親嘴。但這戲院裡總還坐滿人，散了戲，觀眾在回家的路上還議論著金喜仔的唱工，做工。

歌仔戲是一年不如一年了，台上台下，大家都知道。

她恍惚看到一個腫胖的婦人單獨坐在牆角邊，模樣兒眞像荷花。燈光太暗，隔得又遠，她看不清楚。她覺得納悶，荷花該是明日才會來的，前幾天託人捎信來，預備抱走阿寶。要不要讓她撲個空……像上次一樣？她實在捨不得阿寶。那不會是荷花吧？她又偷望一眼。哎，她想，自己一定眼花。

現在，她覺得四肢無力，渾身開始軟綿綿起來，只想蹲下來或躺在地上，捉住一樣什麼東西，捏得緊緊的，咬它一口。她感到胃開始收縮，翻騰；眼睛愈來愈迷離；腳微微顫抖，盡了最大的努力，也只能讓它們暫時不脫離地面。她想蹲下來，躺下來，抓牢一樣東西。

梆子開始催緊，弦琴奏得又快又急，調門轉高了。她用力吸一口氣，扯直喉嚨，張大了嘴。沒有聲音。嗓門乾枯了，一滴聲音也流不出來。她唱不上去。弦琴獨個兒奏著，梆子孤單地敲著。台下的人晃動起來，嗡嗡的聲音此起彼落。有人尖聲怪叫起來；一根香煙屁股落在金喜仔的腳邊；男人惡聲惡氣地哄笑著。

她站在台前，遮蓋在長袖裡的手捏得緊緊的，長指甲深深掐進肉裡；臉上的毛孔一

下子全張大，熱汗直往外冒出。琴師和梆子手都瞪著她，敲得更響，拉得更急。

就在這一剎那，她把胸一挺，牙根一咬，全身的血液似乎全鼓漲起來，腳顫抖著，像颱風中的樹幹。她張開嘴，搾盡全身力氣，從喉嚨底下硬往外迫出一句唱詞「啊——」。觀眾的嗡嗡聲驟然低落下去，個個向戲台拉長了脖子，微張了嘴，頗感意料之外似地拿眼瞧她。

她覺得喉頭是一片久旱的土地，正起著龜裂，滲出一滴滴的血，一滴滴，隨著她的唱詞，往外流滴。胃壁像鼓風爐一般，可怕地伸縮著，四肢像冬風裡的柳枝一般瑟縮。

她感到全身發冷，站不穩，馬上就要倒下來。拼了命似地，她同自己掙扎，心裡聲嘶力竭地喊著：「唱下去！」一個小孩子從後台出來，端了一杯糖水給她。高舉起左袖掩了臉，她用右手接了杯子，湊上嘴唇，一口灌下，還貪婪地用舌尖舔了一下杯口。嘴角濕濕地，她也無暇抹乾，便緊和著弦琴唱下去。

糖水暫時使她恢復了一點力氣和神智。她看見丫環上場。她聽到後台有小孩的哭聲。那任性的哭聲是阿寶的，她知道，他等著吃奶。她突然記起那算命先生。前個月在楊梅，算命的告訴她：這孩子天生的「過繼」命，不送給別人恐怕養不大……

「我不信！」她搖搖頭。搖到一半，忽然想起自己正在唱戲。一邊熟練地唸台詞，她一邊掃視一下觀眾。牆角那個女人正在打瞌睡，那倒像荷花，荷花是天塌了也無動於衷的……阿寶的哭鬧聲越來越大，她覺得自己支持不住了，眼淚，鼻涕似乎要湧出來，不戳一針絕對支持不了……

四十支燭光的電燈當中懸在後台，昏黃的光落在不規則堆放著的衣箱、戲服、面具、桌椅上，造成一塊塊凹凸不平的黑影。金喜仔揭開布幕，踉蹌地撞進來。燈光和黑影在她眼前交織飛舞，同事扮好的臉譜在眼前閃爍，扭曲，擴張。一下子，金喜仔的世界成了一片幻影。她摸索到牆角的小桌，扶著椅子坐下來，拉開抽屜，極力睜大了眼睛找尋針筒。

「哇……哇……」阿寶肆虐的哭喊直貫向她耳鼓，刺穿她的心。有人在附近拆佈景，槌子不規則地敲著。她看不見人。她看不見附近任何東西；她的世界裡只閃爍著注射針。顧不得這一切，她匆匆套上針頭，插入一只小瓶。左手向上一舉，長袖子滑落下來，她昂起頭，針定定的瞧著左手臂，右手急速地把針管刺進肉裡。

她閉一下眼，睜開來，眼前一切開始明朗起來。她看到亂糟糟打開來的箱子，牆上像屍體一般羅列著的戲服。她嗅到那熟悉的霉爛味，汗水夾雜著「樂園」牌的辣味，和著鉛粉、油膏的膩味，形成一股黏鼻的，潮濕的氣味，懸凝在空中，無所不在。後台逐

漸光亮起來，一切道具都抹上一層金光。她身旁的桌椅全改換了形狀，一下子變得富麗堂皇。桌旁掛的一叢員外鬍子開始顫動，向她微笑。她覺得自己輕飄飄起來，柔和得像一塊冰塊投進熱水，火速地軟化，融解。一種被男人擁抱在懷裡的溫暖浸透全身，她覺得無比滿足，滿足得想不起任何事。

突然，一聲淒厲暴虐的哭叫在空中爆炸，碎裂的聲音射穿她的耳膜，直敲向她腦膜。她受了一震，一眨眼後，她看見阿寶，還有老何嬸。

阿寶在何嬸的懷裡哭喊，兩隻小手撕扯著那老太婆的上衣，火柴棒的小腿一楞一楞地往上踢。鼻涕和眼淚氾濫在鉛色的臉上，造成一片泥沼，淹沒了小眼睛，小鼻尖。暗黑的嘴唇扭曲成漏斗狀，唇皮波動著。他聲嘶力竭地哭喊，把一張臉化成一只剝了殼的臭皮蛋。老何嬸閉著眼睛，吃力地抱著他搖晃，嘴裡模糊地唸著什麼哄他。突然一個支持不住，孩子從她懷裡滾出來，跌到地板上，渾身抽搐，顫抖，癱成一團，像一只刺蝟。

金喜仔急急走過去。隨著孩子四肢的抽搐，她的心開始往下沉。讓荷花抱去吧！她覺得厭倦起來。老何嬸把孩子一把抓起來；孩子捲在她手上瑟縮哭泣。化粧師跑過來為金喜仔卸下外面的戲服。她從何嬸手中接過孩子，何嬸才蹣跚著走去沖奶粉。孩子在金喜仔的懷裡翻滾，尋找奶頭，鼻涕和眼淚在她胸口挖了兩道深溝。她解開胸衣，露出左邊乾癟的奶。孩子咬住奶頭，用力吮，哭聲逐漸低沉。金喜仔眉毛緊皺起來；孩子剛長出的牙齒咬嚙她的奶頭，直啃進她的肺葉，她的心臟。

「何嬸！」她閉上眼，呻吟起來，「快，快！」

何嬸把沖好的奶粉倒進奶瓶。

「加不加白粉？」老太婆問。

孩子吮不出奶水，狠力把奶頭往外拉扯。金喜仔的手指一節節痙攣起來。

「加！」

何嬸嘟噥著，無奈何地搖著頭，搖搖晃晃地走到金喜仔方才休息的地方，打開抽屜，取出一小包嗎啡精，抖開了倒進奶瓶，蓋上奶嘴，搖晃兩下，走過來遞給金喜仔。

望著孩子貪婪地吮吸奶瓶，金喜仔的心又酸又涼，眨眼間對孩子的憎惡全化成了歉疚。我的寶貝，母親的罪惡通過奶水全遺傳給你啦！奶頭隱隱作痛，她蹙著眉忍受。

「奶粉快完了，金喜仔。」何嬸提醒著，走過去幫小工打點行李。金喜仔不響。她懶得想。

銅鑼又響起。

金喜仔趕緊把孩子送到何嬸懷裡，一邊站起來，一邊扣上胸衣。化粧師跑過來替她套上戲袍，梆子第二遍催起，她急步衝向前台，化粧師尾隨著，一邊兒把腰帶為她從後繫上。

奸臣聞喜在後花園樓台上挑逗雪梅，雪梅在閨房裡刺繡。

金喜仔坐在前台邊角上，做著穿針，引線，咬線頭的姿勢。台上鴉雀無聲，只有弦琴幽咽著。心裡太煩，她對於這一台拿手戲完全失去興趣，只是刻板地重覆著記憶。斜眼望著台下，角落裡的女人已經不在；她突然覺得有點失望。

阿寶抽搐的臉取代了那女人的位置；越過黃黃黑黑的人頭，她瞧見阿寶痙攣的，碎皮蛋似的臉。啊，讓荷花收養吧，她的決心開始動搖。撫養阿寶的艱苦一下子全浮上腦海。她願意為孩子犧牲一切，只要保有他；也就是為這一點決心，她放棄一次嫁人做續絃的機會，失去觀眾的愛戴……可是，這一切似乎只換來更悲慘的結果。她簡直不敢想像，一閉上眼，一個徘徊賭窟的吸毒流氓的模樣便呼之欲出。這便是我的孩子的將來？這念頭令她顫抖。她嘗試戒毒的，為了阿寶，在坐月子的時候痛苦了好幾次，但從不曾成功過。為了生活，她要不斷地上台。在這個歌仔戲沒落的時候，戲旦已經遠非昔比了。十年前，旦角色她挑，唱一台戲的收入可以吃喝一個月；現在老闆只要不滿意，可以隨時解雇她。她早已看出這個連環鎖：生存，吸毒，生存……它緊緊鎖住了她，再也逃不掉。她愛唱戲，除了唱戲，她想不出還會做什麼事。一般旦角的下場她很清楚，老來不是嫁做商人婦，像荷花一樣，便是買幾個養女，到頭來開茶室，娼館。可是她才二十八歲呢！如果她振作的話，她很可以再唱幾年，積一點錢。但是，那就得花上半年戒毒，而且，還得放棄孩子。呵，一仔細想，一切都亂如麻了。

戲收場時，一個跑龍套的出來向觀眾鞠躬。他塗了三點白粉在鼻頭，歪戴了一頂紅瓜子帽。

「諸位兄弟姊妹，本劇團在貴地演出十天，多蒙諸位愛顧，我們非常感激。本團已決定於明天去桃園大華戲院演出，希望諸位兄弟姊妹時常光臨指導，若各位要討取照片紀念的，歡迎留下。」

觀眾紛紛站起，有的交頭接耳，有的扒搭扒搭地搖紙扇，開始走開。有幾個留在原地觀望的，看到別人都走開也跟著離開。一會兒，整個戲院冷清而空虛，只有一個女工懶懶地合上一扇扇的窗戶。

大家都掃興，金喜仔尤其洩氣。打鼓的，敲鑼的，拉弦琴的，都扔掉樂器，張開大口打哈欠。後台嘈雜起來，呼嚕呼嚕喝水的聲音，箱櫃拖離地板的嘎嘎聲，加上嘲笑，

謾罵，混成一片。

她正在拆頭飾。阿寶爬到她腳邊，扶著她的腳站起來，仰著小臉滴溜著眼睛看她。何嬸已經擦乾他的眼淚鼻涕，小臉顯得乾淨俐落。她忘了自己臉上濃厚的油膏和鉛粉，一把把他抱起來，親他的臉和小手。孩子眉開眼笑，露出三顆小牙齒，歡喜得全身跳起來，小手拍著母親的鼻尖，嘴裡不時喊著「媽」「媽」。她的心一下子清朗起來。她把阿寶抱得緊緊的，一再親他的小臉。

「金喜仔，你明天跟大家一道兒走吧？衣箱要不要清理？」一個工人站在她衣箱前面，大聲問她。

「嗯……哦……理吧。」她只管捧著孩子的臉把自己的唇膏頻頻抹上去。何嬸在角落裡搖頭。金喜仔睨了她一眼，裝做沒看見。我的孩子呀……多可愛的小臉！

「金喜仔！」

她抬起頭，發現劇團老闆已經站在她面前，臉上肌肉拉得長長的，兇暴的眼光直射向阿寶。她覺得有點不安。像做賊心虛似的，心忍不住加速跳起來。

「你今晚的嗓門怎麼回事？你的聲音越來越低，阿寶倒越叫越凶！」

「實在失禮，何嬸忙不過來餵他奶……」

「早告訴過你啦，歌仔戲院不是養孩子的地方，那個時候那麼想要孩子，爲什麼不跟了那茶商去？嘿！今晚居然沒有討照片的！金喜仔，不是我翻臉不認人，這樣下去總不是辦法，弟兄們要吃飯哪。合同下個月滿，你多多考慮考慮吧。我可是把話說在前了。」

他搖晃著肥胖的身軀頭也不回地走後，剩下她愣在那兒。

後台嘈雜的聲音在金喜仔的耳中鼓蕩，加強，終至爆炸。她閉上眼。

「媽媽媽……」阿寶在懷裡蹬腳呼喊。她睜開眼，孩子對她露齒笑，眼睛笑嘻嘻的瞇起來，唇皮薄薄的，展成弧形，帶著一份逗弄的，惹人憐愛的神情。

她一眼不眨地注視著這笑容。它逐漸擴大，擴大……就像她當年見到的那朵笑容：充滿了誘惑，野性。她突然感到困惑，緊張，覺得又被它壓得喘不過氣來。

這朵笑容已經被自己埋藏了一年多，現在偏在阿寶身上復活。一剎那，回來了，那一段荒唐、墮落的日子，那金喜仔竭力要忘記的一串日子，都回來了。那朵笑容曾經可怕地吸引了她，使她爲它瘋狂，爲它吸毒，甚至懷孕。那是一段可怕的日子呀！金喜仔痛苦地回想著，覺得喉嚨被它噎住，頸子被它挾住，轉不過頭，換不成氣；回憶令她渾身禁不住顫抖起來。

孩子對她笑，瞇著眼，薄薄的唇展成媚人的弧線，三顆牙齒露出來，吃吃地對她笑著。

金喜仔瞪著他，瞪著，瞪著，自己的臉扭曲起來。突然，她站起來，把孩子放在地上。

「喂，不必給我理箱子，荷花明天來，我要晚一天走。」

何嬸聽了，在角落裡坐直了身子，不相信地揉著眼睛。金喜仔站起來，挺直了腰，自己動手繼續拆頭飾。孩子獨個兒在地上爬。

原載現代文學第十期
民國五十年九月十五日出版

> There are moments in our life when even
> Schubert has nothing to say to us ......
>
> Henry James, "The Portait of Lady"
>
> ……生命裡總也有甚至修伯特都會無聲以對底時候……

# 嫁粧一牛車

王禎和

村上底人都在背後譏笑著萬發；當他底面也是一樣，就不畏他惱忿，也或許就因他底耳朵的失聰吧！

萬發並沒有聾得完全：刃銳的、有腐蝕性的一語半言仍還能夠穿進他堅防固禦的耳膜裡去。這實在是件遺憾得非常底事。

定到料理店呷頓嶄底①，每次萬發拉了牛車回來。今日他總算是個有牛有車底啦！用自己底牛車趕運趟別人底貨件，三十塊錢的樣子。生意算過得去。同以前比量起，他現在過著舒鬆得相當的日子哩！盡賺來，盡花去，家裡再不需要他供米給油，一點也沒有這個必須。詎料出獄後他反倒閒適起來，想都想不到底。有錢便當歸鴨去，一生莫曾口福得這等！村上無人不笑底，譏他入骨了。實實在在沒有辦法一個字都不聽進去。雙耳果然慷慨給全瞶了，萬發也或許會比較的心安理得，尤其現在手裡拎著那姓簡底敬慰他底酒。

坐定下來，料理店的頭家②火忙趨近他，禮多招呼著，一句話都貼不到他底耳膜上，看無聲電影的樣子，只睹頭家焦乾的兩片唇反覆著開闔底活動，一會促急得同餓狗啃咬剛搶來的骨頭，一會又慢徐得似在打睡欠，不識呱啦個什麼?!看來頂滑稽。萬發幾微地哂樂起來，算找到了一個可以讓他眱笑底人。這是難得非常。嘴巴近上萬發底耳，要密告著什麼的樣子，店主人將適才底話複了一遍，使用力壯得至極的嗓音，聽著頗不類他這骸瘦底人底。

「炒盤露螺肉！一碗意麵。」萬發看看頭家亮禿底頭。

「來酒吧？有貯了十年的紅露。」

將姓簡底贈賄他底啤酒墩在桌上，萬發底頭上了發條的樣子窮搖不已著，極像個聾子在拒絕什麼的時候底形容了。

兩張桌子隔遠的地方，有四、五個村人在那裡打桌圍③，吆天喝地地猜著拳。其中一個人斜視萬發。不知他張口說了什麼，其餘底人立時不叫拳了，軍訓動作那樣子齊一地掉頭注目禮著萬發，臉上神采都鄙夷得很過底，便沒有那一味軍訓嚴穆。又有一個開口說話，講畢大笑得整個人要折成兩段。染患了怪異底傳染病一般，其他底人跟著也哄笑得脫了人形。一位看起來很像頭比他鼓飽了氣底胸還大底，霍然手一伸警示大家聲小點，眼睛緊張地瞟到萬發這邊來。首先瞇眼萬發底直腰上來，一隻手撾自己底耳，誇張地歪嘴巴，歪得邪而狠。

「是個臭耳郎咧④！不怕他。他要能聽見，也許就不會有這種事啦！」

一個字一響銅鑼，轟進萬發森森門禁底耳裡去，餘音裊長得何等哪！剛出獄那幾天裡，他會爾然紅通整臉，遇著有人指笑他。現在他底臉赭都不赭一會底，對這些人的狎笑，很受之無愧的模樣。

這些是非他底，將頭各就各位了後，仍復窮凶惡極地飲喝起來。

桌上這瓶姓簡底敬送他底酒給撬開了蓋，滿斟一杯，剛要啜飲的當口，萬發胸口突然緊迫得要嘔。幾乎都有這種感覺，每一次他飲啜姓簡底酒。

事情落到這個樣子，都是姓簡底一手作祟成底。

也或許前世倒人家太多底賬，懂事以來，萬發就一直地給錢困住；娶阿好後，日子過得尤其沒見到好處來。阿爹死後，分了三四分園地，什麼菜什麼草他們都種過了，什麼菜什麼草都不肯長出土來。一年栽植肺炎草，很順風底，一日莖高一日，瞧著要挖一筆了。那年爆發了一次狂瀾得非常的雨水，園地給沖走。肺炎草水葬到哪裡去，也不知識底。不久便忙著逃空襲。就在此時他患上耳病。洗身底時候耳朵進了污水，據他自己說。空襲中覓尋不到大夫，他也不以爲有關緊要。後來痛得實在不堪，方去找一位醫生幫忙，那大夫學婦科底，便運用醫婦女那地方底方法大醫特醫起他的耳，算技術有一點底，只把他治得八分聾而已。每回找到職位，不久就讓人辭退去。大家嫌他重聽得太厲害，同他講話得要吵架似地吼。後來便來到這村莊鄰公墓的所在落戶居下，白天裡替人拉牛車，和牛車主平分一點稀粥的酬金，生活可以勉強過得去。只是這個老婆阿好好賭，輸負多底時候就變賣女兒。三個女孩早已全部傾銷盡了；只兩個男底沒發售，也或許準備留他們做種蓄息吧！他們的生活越過越回到原始，也是難怪底。

往墳場的小路的右手邊立著底這間他們底草寮，彷彿站在寒極了的空氣裡的老人家，縮矮得多麼！也並非獨門戶，隔遠一丈些的地方還有一間茅房歪在那裡。那茅房住著的一家人，心擔不起晚間墳場特有底異駭，一年前就遷地爲良到村裡人氣滃榮的地帶去。就這樣那房子寂空得異樣極了，彷彿是鬼們歇腳底處所。

現在僅就剩下萬發他們在這四荒裡與鬼們爲伍了。怪不得注意到有人東西搬進那空騰著底寮，阿好竟興狂得那麼地搶著報給萬發這重要性得一等底新聞。

「有人住進去了！有伴了！莫再怕三更半暝⑤鬼來鬧啦！」

這訊息不能心動萬發底。一分毫都辦不到底。半生來在無聲底天地間慣習了——少一個人，多一位伴，都無所謂。

拖下張披在竿上風乾了底汗衫，罩起裸赤底上身。也只這麼一件汗衫。晚間脫下洗。隔天中午就水乾得差不多可以穿出門。本有兩件替換。新近老大上城裡打工去，多帶了他底一件，家貧不是貧，路貧貧死人，做爹底只得委曲了！也不去探訪乍到底鄰居，他便戴了斗笠趕牛車去。阿好追到門口，插在腰上底雙手，算術裡底小括弧，括在弧內底只是竿瘦底I字，就沒有加快心跳底曲折數字。

「做人厝邊⑥不去看看人家去。也許人家正缺個手腳佈置呢！」阿好底嘴裂到耳根邊來啦！

裝著聽不見，萬發大步伐走遠去。

比及黃昏的時候，萬發便回來。坐在門首的地上吸著很多粗辣底煙，他仍復沒有過

去訪看新街坊的意思，雖只有這麼兩步腳底路程。阿好底口氣忽然變得很抱怨起來，談起剛來的厝邊隔壁時。

「幹——沒家沒眷，羅漢腳⑦一個。鹿港仔，說話咿咿哦哦，簡直在講俄羅！伊娘的，我還以爲會有個女人伴來！」

他不語地呑吐著煙。認定他沒聽到適才精確底報告，身體磕近他，阿好準備再做一番呈報底工作。

「莫再嚕嗦啦！我又不是聾子，聽不見。」

「呵！還不是聾子呢？」阿好又把嘴裂到耳朵邊，彷彿一口就可以把萬發活圇呑下肚底樣子。「烏鴉笑豬黑，哼！」

以後的幾星期裡，萬發仍復靡有訪問那鹿港人底意念。實在怕自己的耳病醜了生分人對自己底印象。不知識什麼原因，也不見這生分人過來混熟一下，例如到這邊借支鎚子，剛近移遷來，少不了釘釘錘錘底。晚間看他早早把門闔密死，是不是悚懼女鬼來黏纏他？雖然一面也莫識見過，萬發對這鹿港仔倒有達至入門階段那一類底稔熟。差不多天天阿好都有著關於這鹿港仔底情報供他研判。那新鄰居，三十五、六年歲——比他輕少十稔的樣子，單姓簡，成衣販子，行商到村裡租用這墓埔邊空寮，不知究看透出了什麼善益來？漸漸地，萬發竟自分和姓簡底已朋友得非常了，雖然仍舊一面都未謀面過地。

「他吃飯呢？」他問的聲口滲有不少分量底關切。

「沒注意到這事，」阿好偏頭向姓簡底住著的草房眺過去。「也許自己煮。伊娘，又要做生意，又要煮吃，單身人一雙手，本領哪！」

終於他和姓簡唔面了，頗一見如故地。

他看到姓簡底趨前來，嘴巴一張一蓋地，像在嚼著東西，也或許是在說話著。姓簡底鶴躍到跟前，腳不必落地的樣子。嗯——狐臭得異常，掩鼻怕失禮，手又不住攞進肢窩深處，彷彿有癬租居他那裡，長年不付租，下手撻趕吧！實也忍無可忍。只聽他咿咿哦哦聲發著，大饅頭給塞住口裡，一個字也叫人耳猜不出。萬發把朴重底笑意很費力地在口角最當眼的地方高掛上，一久兩唇僵痲，合不攏的樣子啦！有時也回兩句話底，瞥見姓簡瘦臉上楞楞底形容，又所答非所問啦！幹——這耳朵，這耳朵！突然萬發對這位他耳熟能詳得多麼底鹿港人有了幾微底憎厭。

阿好走出來，向那衣販子招招手。衣販子移近她，接去她手中的針線。阿好轉近著萬發：

「這就是簡先生！他借針線來的。他說早應該過來和你話一番，只是生意忙不開，大黑早就得出門。」聲音高揚，向千百人講演一般。

旋過去向簡底道了一些話，很聲輕地，她手指到自己底耳朵，頻頻搖著頭，很誇張地。說明他底耳朵失聰吧！必然是這般底！姓簡底臉上彰亮著像發現了什麼轟天驚地的情事時底神色；眼光又瞟過來審視，有如萬發臉上少了樣器官。要在過去，這一時刻──身分給釐定底當口，最是甚恨得牙顫骨慄，現在倒又很習常。

「你生意好吧！」找出了一句話來。

「算可以過啦！」阿好將姓簡底話轉誦給萬發，依字不依聲。「簡先生問你做什麼事？」

「哦！」捧上手，萬發投給衣販子一味笑，自嘲底那類。「替人拉牛車。」

「好吧?!」觸到電的樣子，姓簡底身子猛驚一抽，手捷迅地探入肢窩裡，毛髮給刮爪得響沙沙，癢入骨裡去吧！嘴牽成斜線一槓。這簡單底兩個字，萬發到底聽審出來，頭一遭不用阿好這部擴音器。

「掙三頓稀飯喝喝罷了。自己要有一台牛車，倒可以賺得實在一點。」阿好說姓簡底在問一部牛車多少錢？「頂台舊的，大概三、四千元的樣子。什麼？去頂一台？呵！

哪裡找錢款去？再說我快上五十了，怎麼也掙不來這樣多的錢。你沒聽過四十不積財，終生窮磨死。」

以後差不多天天晚上都有著這樣底團契，阿好坐在兩位男子底中間，擔當起萬發的助聽器來。姓簡底依舊腋味濃辣；手老伸入腋下扒癢，有癮一般。有時姓簡底單只與阿好談閒天；她總問詢城中底華盛，聲音低低地，近於呢喃。在這情形下，萬發便陪著老五先睡去，未審他們倆談到什麼時更才散？

三不五時地⑧，阿好也造訪姓簡底寮，同他短談長說，也幫他縫補洗滌底。姓簡底自己說自小就爹娘見背了，半生都在外頭流，從沒人像阿好關心他到這等。常時地，他很堅執地要阿好攜家了去那些沾染油漬，賣出頗有問題的衣服。萬發再不必憂忡晚上脫下洗底汗衫第二日可否乾一個完全了！

後來萬發也常過去坐坐，爲了答謝底吧？對姓簡底異味，萬發也已功夫練到嗅而無聞的化境。這實在很難得底。

姓簡底生意似乎欣發得很，老感到缺個手腳。後來他就把心中盤劃底說與阿好明白。聆了這樣動她心底打算，她喜不勝地轉家來報告：

「報給你一個仔消息！」覷到萬發躺睡在蓆上，她就手搭在他底肩上。「一個好訊息告知你！簡底生意忙不過來，要我們阿五幫他，兩百塊底月給⑨，還管吃呢！伊娘！這模樣快意事，哪裡去找？幹——你一個月掙的也不比這個多多少。你看怎麼樣？阿五，十一歲了，也該出去混混！」

一個月多上兩百元底進項，生活自會寬鬆一些底，有什麼不當的呢？「就央煩簡先生提擕我們這阿五吧！」地說了，萬發復又躺下來，一種悄悄底懽悰閃在嘴角邊。

阿好屈腿坐到蓆上。「領到阿五底月給，我打算抓幾隻小豬養。幹——自己種有蕃薯菜，可省儉多少飼料。伊娘，豬肉行情一直看好，不怕不賺。」

次日阿五便上工了，幫忙姓簡底鹿港人推運一車底衣貨到村裡擺地攤賣。平常時阿好到村裡走動得很稀，現在倒是常跟著他們去，也照料一點生意底。有時她還採一大束底姑婆葉帶著，兜售給宰豬鴨底。泰半是這樣，她一賣獲了錢，就和人君仕相輸贏著，不過很保密防諜底，萬發就不知曉。姓簡底倒瞭如指掌底行藏。阿好不避諱他。即使他向萬發舉發，亦是徒然。萬發怎麼樣也永遠不清楚他咿哦著什麼！何況他自己也有一點喜歡這道藝能著。後來便常有人看見簡底和阿好一起去車馬砲，玩十副。

彷彿不過很久底以後，村上底人開始交口傳流這則笑話啦！說王哥柳哥映畫裡便看不到這般好笑透頂底。姓簡底衣販子和阿好凹凸上了啦！就有人遠視著他們倆在塋地附近，在人家養豬底地方底後邊，很不大好看起來。下雨時，滿天底水，滿地底泥濘，據說他們倆照舊泥裡倒，泥裡起得很精湛哩！有句俗話，鬥氣的不顧命，貪愛的不顧病。

「不講假的，阿好至少比那衣販仔多上十根指頭的歲數，都可以做他的娘啦！要有個人模樣倒也罷了。偏——哼！阿好豬八嫂一位，瘦得沒四兩重，嘴巴有屎哈坑大⑩，呵！胸坎一塊洗衣板的，壓著不會嫌辛苦嗎？就不知那個鹿港憨中意她哪一地處？」村裡頭底人都這等樣地狎論得紛紛。

等到萬發聽清楚了，一個多半月底工夫早溜了去。他雙耳底防禦工事做得也不簡單。消息攻進耳城來底當初，他惑慌得了不得，也難怪，以前就沒有機緣碰上這樣——這樣——底事！之後，心中有一種奇異的驚喜氾濫著，總嘎嗟阿好醜得不便再醜底醜，垮陋了他一生底命；居然現在還有人與她暗暗偷偷地交好——而且是比她年少底，到底阿好還是醜得不簡單咧！復之後，微妙地恨憎著姓簡底來了，且也同時醒記上那股他得天獨厚底腋狐味：姓簡底太挫傷了他業已無力了底雄心啊！再之後，臉上騰閃殺氣來，拿賊見贓，捉姦成雙簡底你等著吧！復再之後，錯聽了吧！也或許根本沒有這樣底一宗情事！也許眞是錯聽了；阿好和姓簡底一些忌嫌都不避，談笑自若，在他跟前。也或許他們作假著確不知道有流言如是，驟然間兩地隔斷，停有關係，更會引人心疑到必定首尾莫有乾淨底。心內山起山落得此等，萬發對簡姓鹿港人並無什麼火爆的抗議，乃至革命發起。僅是再不臻往簡底宿寮內雜閒天、雅天著。

鹿港人下半午近六點就收起生意，同老五在麵攤點叫吃底。轉家來，老五就在鹿港人底住所睡夜。晚間鹿港人習慣移蹲到萬發他們這兒舌卷入喉地咿咿哦哦開講，洋鬼子說話一般。借著耳聵的便當，萬發不與鹿港人談開，記怨著什麼底模樣，讓簡底也醒眼醒眼他不至於傻到什麼都不知道，……身上這汗衣，這粗布工人褲，又憶記他好處著自己底種種。有時還問短著他，畏懼他道句「過河拆橋」那類底斥責話。再未曾讓阿好和簡底單獨一處，強熬到簡底打道回寮，才入室睡去。手很重壓地橫在阿好胸上，不是要愛，設防著呢！亡羊補牢，還來得及底吧！下午他都早早地歸來，總少拉一趟牛車底。也或許聽過潘金蓮底故事，學效武大少作買賣，多看住老婆！

每天夜裡他都這般戒嚴著，除去那一晚——月很亮圓底那一晚。

身邊袋著老五底兩百元月給，阿好一直沒去抓小豬仔養飼，忘記提過這件事樣地。深明她底忘性是很有意底，萬發也不去強迫她努力憶回有這麼樣這麼樣底事一宗。除扣午飯和香煙底掛欠，萬發往家裡帶底每月不過二百四十餘幾個零角子罷了。一個月三十天，早晚要吃頓可以底，不能說容易。水通通稀飯佐配蘿蔔乾——一年吃到頭。因此阿好拿著老五底薪資擺下幾餐嶄底，他便怡顏悅色了好些晝夜，也不忙稽查錢給怎樣地支用。那一晚阿好準備下米飯，鯽魚湯，炒白筍。萬發一連虎食五大碗飯菜。瞧他狼吞得這般，阿好愣嚇得「哦──哦──哦」喉裡響怪聲，彷彿在打飽嗝。

「哦！」把小鍋內最後一匙底鯽魚湯倒入將空底湯碗裡，阿好肩一聳落。「現世哪！沒有吃過飯一樣啊你！哦！還要裝飯哇？哦──」

萬發吃得兩頰烘燒，像酒後底情形。眞地飯飽能醉人底，不到七點半底時辰，他就暈醉欲睡得厲害。不能睡呀！簡底又過來啦！不能睡呵！簡底兩腿齊蹲著，彷彿在排洩底樣子。無聲地在一旁抽煙，萬發瞌睆屢屢起來，有幾次香煙脫掉下去，也無覺感出。

「睡去吧！怎麼乏成這形樣來！」阿好差不多要吮乳著他底耳，話講上兩遍。

驚睜開眼，姓簡底還沒有走！查審不出他有倦歸底意思，「你們聊吧！不必管我！」地講著，一面俯身下去拾起煙，早火熄了。點上煙，他徐徐噴著，煙霧裡有簡姓底衣販子和阿好語來言去，很投合得多麼底。

月很圓亮，像初一、十五底晚夕。沒有椅子，他們不是蹲著，便坐在石塊上，似在賞著中秋月。煙裡霧裡，阿好和簡姓底鹿港人比手兼畫腳，嘴開復嘴合，不知情道什麼說什麼來？彷若覷聽著一對鬼男女心毗鄰著心交談，用著另一天地底語法和詞彙，一個字也不懂，萬發走不進他們底世界！

一定又一次盹著了。

阿好站起來。「睡去吧！」仍復講兩次，沿著慣例吧！阿好套了一件龐寬得異常底洋裝，奶黃色底，亮在月影裡，變鼠灰底顏色。外國質料底，這是她去年上一次教堂聽高鼻子藍海色眼睛底講道理的斬獲；爲什麼會去，她也不記得。毫無更改過，只將衣服下襬太長的地方翻捲一道縫線過去。胸口有似鎖底裝飾品當中懸起，串在一條白鐵鍊上；小腹底部位也有這樣底裝飾，彷彿是要把秘密得何等底那些要地封鎖起來！

「睡去吧！」阿好坐回石頭上，仍復和姓簡底話新話舊著，在門口底月亮地裡。哈呵著睡欠，萬發回房睡歇去。他底寬容若是也或許與阿好洋裝上鎖鍊式底裝飾有著深不能臆測的關係吧！

他醒來底時候，外面底月更圓胖些，有若月在開顏地暢笑。伸手搜到草蓆底一方，盪空空，給百步蛇嚙到底情形，萬發駭驚得冷汗忘記出地跳高起來，火急中踢翻一隻木箱子，響聲抖震心地，在這死寂底墳野裡。拍打著頭顱，萬發恨責自己做事不敏慧，一定他們聞著聲音了，還有什麼能做底？

果然他們聽見他掀翻東西。近靠門口處，一張蓆頭都脫落了底草蓆展鋪在地裡。沒有上拴，門大敞開著讓進月光來。坐在蓆上，阿好浮亮在月色裡底臉，水中淹泡久了底樣子，蒼白得可懼。也坐直上來，簡姓底鹿港人面著聲音來底方向，頭額上有很細粒底汗光在那兒閃爍。

萬發一句很刃利底「你們在做什麼？」地走近上來，手作打拳狀地。新兵聽到口令底樣子，阿好和姓簡底在二分之一秒內同時挺站起來，搶著應話，誰都不謙讓一點點底，小學生比賽背書，看誰默唸先完，哇啦哇啦，聽不眞切一個字。鹿港人汗出得盛，背心濕貼著身肉，乳頭明顯出來，結成顆粒狀了。見到他全身這麼樣地總動員著，也或許於心忍不下吧，阿好搡他到屋角落去，不要他再多一嘴。高聲地，咬文嚼字地，阿好自己一個人單獨講，眼睛不時瞟向姓簡底，似乎說著：「我們只是這樣這樣……而已，是不是？是不是？」「是不是？」

不能信賴她！二、三十年夫婦不底細她底脾性？一口大嘴裡容有兩根長舌頭，一根講乏了，另外還有一根替班。不知識什麼時間洋裝上底兩把鎖給撬掉了去，阿好滔聲地說著辯著，手牢抓著衣服當胸底所在，彷彿防它脫落的樣子。充耳不聞她！繼續唱唸得口裂到耳邊，阿好底字句開始不斯文了，很穢底，心必然急慌著。

「伊娘，你到底聽著了沒有?!講這半天。伊娘，你說話，怎一句不講？幹——難不成又患啞巴?!」

姓簡底插身過來，狐味激刺鼻，臉上有至極喜悅底容形，尋著生路一般。拍著阿好底肩，他指手到月亮覷眼不到底屋內角落。有人蜷睏在那裡的樣子。眼珠霍然光亮起來，阿好向簡底不知吩咐了什麼，就一步兩步向那暗角落踅去，兩手搖醒著眠在那裡底人，推搖得很力。

「阿五起來！起來！給你簡阿叔做個證！起來呀！伊娘，睡死到第十殿啦！」

「你這個人這樣禮數不知。簡底一番好心，莫謝他，還要跳人⑪！阿五晚夕起床放尿，見著墳地有黑影，嚇哭起來，」萬發再睡臥底時候，阿好便不已絮聒著，嘴不情願離開他底耳地，愛著他底耳很深的樣子。「簡底抱他過來。事情就這麼樣簡單，幹——你往哪裡去想啦！阿五你可是問他清楚了，還凶臉著，不肯相信……」幾句話翻來覆去，語勢一回堅硬一回，彷彿火大地。

實在厭聽極了——眞希望能夠聾得無一點瑕疵。「誰說不相信？」

「那你怎麼一句話都不說？對簡底就不會不好意思？你這無囊的，也會吃醋，哼！」

一陣子黯寂。外面傳來一聲底怪響。有人半夜哭墳來了嗎？鬼打架著吧？也或許。

突然，「你衣服上的鍊子怎麼一回事？」聲音裝著很自然。

她無言以對了吧？也或許自己聽不見回覆？一頭底倦昏，不問也罷！

「什麼啊！」阿好嚼細了聲音。「簡底講莫好看，拔了去。」

「啊？」這耳朵——這耳朵——這耳朵——應該聽進去，避不聽聞，臨陣脫逃底兵。

「丟掉啦。」她張放嗓子。「伊姓，臭耳孔得這等樣！」

身子貼挨過來，阿好逗耍著他，向無近他若是，自他雄兕再不起底後來。

從窗口外睨去，月亮仍復哈嘻得一臉胖圓。他霍然憶記有人唸過「月娘笑我憨大呆」底曲歌。

他就是這樣一個憨大呆吧！

剛要眠下，適才姓簡底比常刺鼻底腋味又浮飄到鼻前來，眼兒裡是給解了禁底阿好衣上底地方；阿好和姓簡底在蓆上做一處坐底情狀，也或許他們誆欺了他，也或許他猜疑過量。這樣思想著，他通一夜不曾睡入熟深裡。

再無閒工夫推論這個是非了。幾日後底樣子，牛車主諭告他準備牛租出去犁田，要他歇一段時日。有意要給難處似地，在這緊要關裡，姓簡底突然宣布回趟鹿港，順著方便到台北採辦衣色來，前後耽遲要一整個月的樣子。也許姓簡底從此遠走高飛——趁現在走吧！免去將來泥陷深。當然老五得往回吃自家。

起初採賣地瓜勉力三分之二弱地飽了個時期，到地瓜掘一空了，翻山穿野尋採姑婆葉底時刻，二分之一飽而已了。還給平日專採姑婆葉存私房底村姑婆娘們作踐得人都成扁底，葉子都給萬聾子採光啦，今年她們要少縫一套新裝。什麼都採擷不著，咽喉深似海——俗話說是塡不完的無底洞，該怎麼辦？怎麼辦呢？沒法可處，萬發便幫忙掘墓坑去，掙點零底。並非天天有工作，有時熬等三兩天就不見得有人仙逝。唉！這年頭人們死得沒有從前慷慨呀！人身不古呢！即或等著了，早有耳靈底人將工作搶去吃。等不是方法，日夜他都在村裡刺探哪家有人重病著，便去應一個掘墳抑或是抬棺底職位，雖然病人尚未死得很圓滿完全。後來有病人底人家瞥見他底瘦弱底影子現出，趕緊闔戶閉門起，他是拘人的鬼判一般。現在他們拖挨著長如年底日子，十分之一飽地。

記起在城裡打工底兒子，阿好餓顫顫走四個鐘頭底沙石路往城裡去；來家底時候，只帶著一斤肥豬肉；一尾草魚，再也沒有什麼！城裡掙生也一樣不易呵！

有人薦介她給一家林姓底醫院做燒飯清潔底工作，一月一百圓，管吃兼住宿。面試那日適巧家裡莫有米粒一顆剩著；往別人菜園偷挖了蕃薯，她用火灰烘熱便午飯下去了。這——這——這作祟作惡底蕃薯！林醫師口試她到有子女幾位底當時，五聲很大響底屁竟事前不通報她地搶在她話底先頭作答啦！

「有五位嗎？」林醫師掬著嘴笑，想給這空氣一點幽默的樣子。

羞上來，阿好肚內底二氧化碳越是平平仄仄，仄平平得不可收拾，詩興大發相似。工作自然也給屁丟了！

在外頭摧眉折腰怨氣受太多了些吧！萬發和阿好在家裡經常吵鬧著，嘴頂嘴地。給乞縮得這等形狀底生活壓得這麼地氣息奄奄，吵罵也是好底，至少日子過得還有一點生氣！打架倒莫曾發生。大家都瘦骸骸，拳過去，碰著盡是鐵硬硬骨頭，反疼了手，犯不著哪！

兩月另十日底後來，姓簡底鹿港人終究來歸了。

「簡底回來啦！」自自然然底模樣沒有裝妥底樣子，阿好底語勢打四結起來，口吃得非常一樣。「採辦了許——許——多多的貨色。人也——也——胖實多了——」不究詳爲什麼話及此地，她要歇口一頓。

「他要阿五明早幫他擺攤去，看你意思怎麼樣？」她眼睛忽然一亮。「天！我還以爲他不回來啦！」到底掩不住心中底激喜。

一個月多二百元進入，也或許不至於讓肚皮餓叫得這麼慌人，簡直無時無準，有了

故障底鬧鐘。不能底——不能讓她知悉也在欣跳姓簡底家來，萬萬不能夠給簡底有上與了人家底好處以爲！萬發自己也奇怪著，怎麼忽然之間會計斤較兩得這般。人窮志不窮吧？看他緘耳無聞的樣子，阿好又將話再語一道，聲音起尖得怪異。

他指頭爪入髮心裡癢起癢落一片片底頭垢皮。「你要他去就叫他去吧！」很匝耐底聲口，縮緊人底心。

「你不懽喜他去？」或許拖在句後底問號勾得太過長了，變成了驚嘆號的狀形，不知不答好，還是答才好？

「去就去啦！我懽不懽喜什麼！」疏冷多麼底回口，自己都意想不到！

阿好什麼都不說，臨出門時轉頭諔他一句似是很辣烈底，便人影遠跑了。聽不出她謬謾著什麼！

晚夕她準備嗄飯等萬發給人抬棺回來用。

「簡底拿米過來？」盯住飯食，萬發登時很不堪殍餓起來。

提到姓簡底，阿好就必須「嗯」——「嗯」——地打通喉嚨，彷彿剛吃下多量底甜底。「嗯——嗯——先向簡底撥點應急。也好久沒吃著米飯。嗯——嗯——」

口水趁張嘴要言語，趕著嘰咕嘰咕呑落下去，萬發狠眼著阿好，不可讓她看料出他底餓。「你怎麼啦！以後少去嚕嗦人。莫老纏他麻煩，該有個分寸！」

果然阿好又緘口不語啦！很爲之氣結底樣子。

以後在萬發底耳根前，阿好一話點到簡姓底鹿港人，像說起神明底名一般，突然口氣萬分謹慎起來。鹿港人回轉後上萬發這邊問訪得鮮稀，想還配記著那一夕底尷尬；也或許生意忙，排不出空檔。

自老五去幫扶簡底衣販子，每月薪金往家帶，萬發他們日子始過得有人樣一些。蕃薯也擠著生長。姑婆葉又肥綠起來。不必天天到村上尋金求寶樣地找死人去；萬發自能多時間地守在家裡，罣牢看住阿好和簡底，不予他一點好合的方便。

後來情況移變了，急轉直下地。人家準備收回鹿港人現租居著底寮厝。

「簡先生這個打算不知你意思怎麼樣？」坐在兩男子中間，阿好傳簡底話到萬發耳裡，每個字都用心秤稱過，一兩不少，一錢不多，外交官發表公報時相仿。「你若不依，他就在村裡看間單門住戶底，日暝起落都要便當一些。你的意思到底怎麼樣？」

不眼萬發地，姓簡底煙不離唇地抽噴著。天候有著涼轉底意思。空氣裡嗅不到那股鼻熟得多麼底狐味來，萬發忽然感到陳在前面底眼生得應付不過來，彷彿人家第一天上班底情形，尤其是洋機關。

「我考慮考慮看。」

「還考慮？伊娘！什麼張致嗎?!你這個人，幹，就是三刁九怪要一輩子窮！」阿好瞪眼他，齘齒地。

莫駁斥她好，火裡火發氣著，什麼齦齦底都會命拼往外吐；萬發一大聲地「啊」起，示意聽不清楚，多少遮蓋過去了。能夠恰當地運用聾耳，也是殘而不廢底。

「他準備貼多少錢？」姓簡底剛起身走，萬發就近嘴到阿好底頰邊。

阿好站起來。「你想要多少啊？每月房錢米錢貼你四百八十，少嗎？這地帶住慣了，才看上你這破草厝。伊娘，村上找房磚的，左不過一月兩斗來。錢少哇?!你一個月掙過四百圓沒有。伊娘，生雞蛋無，放雞屎有！什麼事都叫你碰砸稀碎！幹！臭耳郎一個！」聲音吭奮，晨早雞喔，四野裡都聽分明了。

到底姓簡底還是擇吉搬進萬發底寮裡住。萬發和阿好睡在後面；姓簡底和老五在門口底地方鋪草蓆宿夜；衣貨堆放在後面底間房。

村裡村外，又滿天飛揚起：「阿娘喂！萬發和姓簡底和阿好同鋪歇臥了啦！阿娘喂……」

萬非得已，萬發極不願意到村上去底。村人底狎笑，尷尬他難過！家有姓簡底四百八，很有可吃底。老五底工錢由萬發袋著——這也是讓鹿港人入室來底一項先決條件。萬發再不必到外面苦作去。白日在蕃薯園裡做活，阿好幫著他，晚間就精力集中地防著姓簡底入侵他底妻。彷如她底影子，阿好行方到哪裡，萬發就尾到哪裡。阿好到屋外方便，他也遠遠落在——算懂一點規矩——後頭看望。有這麼一回，阿好給影隨得火惱上來：

「跟什麼的！伊娘，沒見這麼不三不四，看人家放屎。再跟看，你爸⑫就撒一泡燒屎到你臉上。」

餐聚底時候，冷戰得最熱。萬發一面食物著，一面冷厲地瞠瞠阿好和姓簡底，愔愔不語地，連菜飯都不嚼的樣子。不論風雨，他一定是最後一個用完膳底，貫徹始終著他底督察底大責大任。有幾次阿好和姓簡底攀談開來，聲音比平常較低，兩張臉有興奮底笑施展在那裡，萬發耳力拼盡了，還是聽不詳。他乾咳了幾咳很嚴重性底警告，他們依舊笑春風地輕談著，聵耳了一模樣，簡直目無本夫。孰能忍，孰不能忍？萬發豁瑯丟下碗筷，氣盛氣勃地走出來——摐金伐鼓，要廝鬥一場。二十四小時不到，兩漢子就不戰而和啦！幾乎都如此地，每當萬發氣忿走出來，在人覷不到底地方，便解下緊纏在腰際上底長布袋，翻出紙票正倒著數，才……，啊！離頂台牛車還距遠一大截，多少容縱姓

簡底一點！這樣底財神，何處找去！以後底幾天萬發就稍爲眼糊一些。

原先鹿港人賃居底寮屋一家賣醬菜住進來。像是這寮底主人底親友。成天夜看他們曬曝曝蘿蔔，高麗菜，引著蒼蠅移民到這地帶。賣醬菜底有閒也常詣往萬發這邊聊天時。他來時，總領隊過來一群紅頭蠅，噆噆趕驅不開。蹲在地下說談時，他一縫細底眼，老向寮內瞇瞭著，想鼠探點什麼可以傳笑出去。一臉刁鑽刻薄底形樣，身上老有散不完地醬缸味，很酸人耳目底。來者不善，善者不來，萬發倚重著弱聽不甚打理他。他倒和姓簡底有說談，或許同氣相投吧！

一夕他統帥著一旅髒蠅來底時候，很巧姓簡底趨至附近小溪裡淨身臭去了。聽出是賣醬菜底聲音——他鼻音重得這等樣，彷彿嘴巴探入醬缸底口，一字一個嗡——萬發便不出來招呼他。阿好在後面洗著碗。只老五在門外的地裡手心捧著石子耍。萬發聆不出賣醬菜底和老五嗡語著什麼，漸漸地，賣醬菜底聲音提得很高，高得不必要，頗有用意的樣子。

「奸⑭你母底上哪裡去。」

「……」不詳細老五怎麼對口。

「簡底，簡底，那個奸你母底上哪裡去……」

「騙肖⑬。」萬發衝刺出來，一身上下氣抖著，揪上賣醬菜底胸就掄拳踢腿下去，像敲著空醬缸的樣子，賣醬菜底膺膛嗡嗡痛叫著。髒蠅飛散了，或許也驚嚇吃到了幾分。

姓簡底淨身回來，門口四處有他食底，衣底，行底，賣底，亂擲在那裡，彷彿有過火警，東西給搶著移出來。簡姓底鹿港人有著給洗空一盡的感覺。

萬發擋在門前，一眺目到姓簡底捧著臉盆走近前，就揎拳擄袖得要趕盡殺絕他底形狀。

「幹伊娘，給你爸滾出去，幹伊祖父，我飼老鼠咬布袋，幹！還欺我聾耳不知情裡！幹伊祖啊！向天公伯借膽了啦！欺我聾耳，呵！我奸你母——奸你母！眼睛沒有瞎，我觀看不出？幹——以爲我不知情裡？幹——飼老鼠，咬布袋……」每句底句首差不多都押了雄渾渾底頭韻，聽起來頗能提神醒腦，像萬金油塗進眼睛裡一樣。

當晚姓簡底借了輛牛車便星夜趕搬到村上去，莫敢話別阿好，連瞅她一眼底膽量也給萬發一聲聲「幹」掉了。

村婦村夫們又有話啦。道什麼萬發向姓簡底討索銀錢使用，給姓簡底回拒了，就把姓簡底爛打出去。有人帶著有目的底善意去看萬發，想挖點新聞來，都給萬發裝著聾耳

得至極地打發走了。

日子又乞縮起來啦！蕃薯園地給他人向村公所租下準備種瓊蔴。未長熟底地瓜全給翻出土來，萬發僅只拿了壹百元底賠償。也眞不識趣地，老五在這時候患起嚴重的腹瀉底症候；拴緊在腰際的錢袋內準備頂牛車底錢便傾袋一空了，在須臾之間。錢給大夫底當時，萬發突然淚眼起，不知究爲著什麼？心疼著錢？抑或是嘆悲他自家底命運？

終於以前底牛車主又來找他拉車去。一週不滿就有那事故發生了。他拉底牛車，因爲牛底發野性，撞碎了一個三歲底男孩底小頭。牛是怎麼撒野起來底？他概不知識。但他仍復給判了很有一段時間底獄刑。牛車主雖然不用賠命，但也賠錢得連叫著「天——天——天！」

在獄中每惦記著阿好和老五底日子如何打發，到很晚夕他還沒有入眠。不詳知爲什麼有一次突然反悔起自己攻訐騙攆姓簡那樁事，以後他總要花一點時間指責自己在這事件上底太鹵粗了一點的表現。有時又想像著簡底趁著機會又回家和阿好一寮同居。聽獄友說起做妻底可以休掉丈夫底，如若丈夫犯了監。男女平等得很眞正底。也許阿好和簡底早聯合一氣將他離緣掉了！這該怎辦？照獄友們提供底，應該可以向他們索要些錢底。妻讓手出去，應該是要點錢。當初娶她，也花不少聘禮。要點錢，不爲過份底。可笑！養不起老婆，還怕丟了老婆，哼！

阿好愈來愈少去探他底事實，使他堅信著阿好和姓簡又凹在一起。有一次阿好來了，他問起她生活狀況。起始阿好用別底話支去。最後經不起他堅執地追問，她才俯下首：

「簡底回來了。」她抬上臉，眼望到很遠的角落去。「多虧了簡底照應著一家。」

萬發沒有說什麼，實在是無話以對，只記得阿好講這話，臉很酡紅底。有人照應著家，總該是好底。

出獄那日阿好和老五都來接。老五還穿上新衣。到家來他也見不到姓簡底。晚上姓簡底回來，帶著兩瓶啤酒要給他壓驚。姓簡向他說著話，咿咿哦哦，實在聽不分明。

阿好插身過來。「簡先生給你頂了一台牛車。明天起你可以賺實在的啦！」

「頂給我。」萬發有些錯愕了，一生盼望著擁有底牛車竟在眼前實現！興高了很有一會，就很生氣起自己來——可卑的啊！眞正可卑的啊！竟是用妻換來的！

不過他還是接下了牛車，盛情難卻地。

幾乎是一定地，每禮拜姓簡底都給他一瓶啤酒著他晚間到料理店去享用一頓。頗能知趣地，他總盤桓到很夜才回家來。有時回得太早了些，在門外張探，挨延到姓簡底行

事完畢出來到門口鋪蓆底地方和睡熟了底老五一同歇臥，萬發方才進家去，臉上漠冷，似乎沒有看到姓簡底，也沒有嗅聞到那濃烈得非常底腋臭一般。

總是七天裡送一次酒，從不多一回，姓簡底保健知識也相當有一些底哩！

村裡有一句話流行著：「在室女一盒餅⑮，二嫁底老娘一牛車！」流行了很廣很久底一句話。

打桌圍底那起爭著起來付鈔。他們離去底時候，那個頭比鼓飽了氣底胸還大底，朝萬發底方向唾一口痰，差點噦在他臉上。

萬發咕嚕咕嚕喝盡了酒，估量時間尚早，就拍著桌。「頭家，來一碗當歸鴨！」不知悉為什麼剛才打桌圍底那些人又繞到料理店門口幾雙眼睛朝他瞪望，有說有笑，彷彿在講他底臀倒長在他底頭上。

原登「文學季刊」第三期　五十六年三月

**附　註：**

①呷頓嶄底——吃頓好的。

②頭家——老闆。

③打桌圍——聚餐。
④臭耳郎——聾子。
⑤半暝——半夜。
⑥厝邊——鄰居。
⑦羅漢腳——單身漢。
⑧三不五時——時常。
⑨月給——一個月的工資或薪水。
⑩屎哈坑——茅坑。
⑪跳人——責人不是。
⑫你爸——生氣語，如「老子我」。
⑬騙肖——混帳。
⑭奸、姦、簡三字台語同音。
⑮在室女——處女。

# 我愛黑眼珠

七等生

李龍第不告訴他的伯母，手臂掛著一件女用的綠色雨衣，撐著一支黑色雨傘出門，靜靜地走出眷屬區。他站在大馬路旁的一座公路汽車的候車亭等候汽車準備到城裡去。這個時候是一天中的黃昏，但冬季裡的雨天尤其看不到黃昏光燦的色澤，只感覺四周圍在不知不覺之中漸層地黑暗下去。他約有三十以上的年歲，猜不準他屬於何種職業的男人，卻可以由他那種隨時採著思考的姿態所給人的印象斷定他絕對不是很樂觀的人。眷屬區居住的人看見他的時候，他都在散步；人們都到城市去工作，爲什麼他單獨閒散在這裡呢？他從來沒有因爲相遇而和人點頭寒喧。有時他的身旁會有一位漂亮的小女人和他在一起，但人們也不知道他們是夫婦或兄妹。唯一的眞實是他寄居在這個眷屬區裡的一間房子裡，和五年前失去丈夫的寡婦邱氏住在一起。李龍第看到汽車彷彿一隻衝斷無數密佈的白亮鋼條的怪獸急駛過來，輪聲響徹著。人們在汽車廂裡嘆喟著這場不停的

雨。李龍第沉默地縮著肩胛，眼睛的視線投出窗外，雨水劈拍地敲打玻璃窗像打著他那張貼近玻璃窗沉思的臉孔。李龍第想著晴子黑色的眼睛，便由內心裡的一種感激勾起一陣絞心的哀愁。隔著一層模糊的玻璃望出窗外的他，彷彿看見晴子站在特產店櫥窗後面，她的眼睛不斷地抬起來瞥望壁上掛鐘的指針，心裡迫切地祈望回家吃晚飯的老闆能準時地轉回來接她的班，然後離開那裡。他這樣悶悶地想著她，想著她在兩個人的共同生活中勇敢地負起維持活命的責任的事。汽車雖然像橫掃萬軍一般地直衝前進，他的心還是處在相見是否就會快樂的疑問的境地。

他又轉一次市區的公共汽車，才抵達像山連綿座立的戲院區。李龍第站在戲院廊下的人叢前面守望著晴子約定前來的方向。他的口袋裡已經預備著兩張戲票。他就要在那些陸續搖蕩過來的雨傘中去辨認一支金柄而有紅色茉莉花的尼龍傘。突然他想到一件事。他打開雨傘衝到對面商店的走廊，在一間麵包店的玻璃櫥窗外面觀察著那些一盆一盆盛著的各種類型的麵包。他終於走進麵包店裡面要求買兩個有葡萄的麵包。他把盛麵包的紙袋一起塞進他左手臂始終掛吊著的那件綠色雨衣的口袋裡。他又用雨傘抵著那萬斤的雨水衝奔回到戲院的廊下，仍然站在人叢前面，都市在夜晚中的奇幻景象是早已呈露在眼前。戲院打開鐵柵門的聲音使李龍第轉動了頭顱，要看這場戲的人們開始朝著一定的方向蠕動，而且廊下剛剛那麼多的人一會兒竟像水流流去一樣都消失了，只剩下糾纏著人兜售橘子的婦人和賣香花的小女孩。那位賣香花的小女孩再度站在李龍第的面前，發出一種令人心惻的音調央求著李龍第，搖動他那隻掛著雨衣的手臂。他早先是這樣思想著：買花不像買麵包那麼重要。可是這時候七時剛過，他相信晴子就要出現了，他憑著一股衝動掏出一個鎳幣買了一朵香花，把那朵小花輕輕塞進上衣胸前的小口袋裡。

李龍第聽到鐵柵門關閉的吱喳聲，回頭看見那些服務員的背影一個一個消失在推開時現出裡面黑霧霧的自動門。他的右掌緊搖著傘柄，羞赧地站在街道中央，眼睛疑惑地直視街道雨茫茫的遠處，然後他垂下了他的頭，沉痛地走開了。

他沉靜地坐在市區的公共汽車裡，汽車的車輪在街道上刮水前進，幾個年輕的小夥子轉身爬在窗邊，聽到車輪刮水的聲音竟興奮地歡呼起來。車廂裡面乘客的笑語聲掩著了許多的嘆息聲音。李龍第的眼睛投注在對面那個赤足襤褸的蒼白工人身上；這個工人有著一張長滿黑鬱鬱的鬍髭和一雙呈露空漠的眼睛的英俊面孔，中央那隻瘦直的鼻子的兩個孔洞像正在瀉出疲倦苦痛的氣流，他的手臂看起來堅硬而削瘦，像用刀削過的不均的木棒。幾個坐在一起穿著厚絨毛大衣模樣像狗熊的男人熱烈地談著雨天的消遣。這

時，那幾個歡快的小夥子們的狂誑的語聲中開始夾帶著異常難以聽聞的粗野的方言。李龍第下車後，那一個街道的積水淹沒了他的皮鞋，他迅速朝著晴子爲生活日夜把守的特產店走去。李龍第舉目所見，街市的店鋪已經全部都半掩了門戶打烊了。他怪異地看見特產店的老闆手持一隻吸水用的碎布拖把，困難地彎曲著他那肥胖的身軀，站在留空的小門中央擋著滾滾流竄的水流，李龍第走近他的身邊，對他說：

「請問老闆——」

「嗯，什麼事？」他輕蔑地瞥視李龍第。

「晴子小姐是不是還在這裡？」

他冷淡地搖搖頭說：

「她走開了。」

「什麼時候離開的？」

「約有半小時，我回家吃飯轉來，她好像很不高興，拿著她的東西搶著就走。」

「哦，沒有發生什麼事罷？」

「她和我吵了起來，就是爲這樣的事——」

李龍第臉上掛著呆板的笑容，望著這位肥胖的中年男人挺著胸膛的述說：

「——她的脾氣，簡直沒把我看成一個主人；要不是她長得像一隻可愛的鴿子吸引著些客人，否則——我說了她幾句，她暴跳了起來，賭咒走的。我不知道她爲了什麼貴幹，因爲這麼大的雨，我回家後緩慢了一點回來，她就那麼不高興，好像我侵佔了她的時間就是剝奪她的幸福一樣。老實說，我有錢絕不會請不到比她漂亮的小姐——」李龍第思慮了一下？，對他說：

「對不起，打擾你了。」

這位肥胖的人再度伸直了身軀，這時才正眼端詳著李龍第那書生氣派的外表。

「妳是她的什麼人？」

「我是她的丈夫。」

「啊，對不起——」

「沒關係，謝謝你。」

李龍第重回到傾瀉著豪雨的街道來，天空彷彿決裂的堤奔騰出萬鈞的水量落在這個城市。那些汽車現在艱難地駛著，有的突然停止在路中央，交通便告阻塞。街道變成了河流，行走也已經困難。水深到達李龍第的膝蓋，他在這座沒有防備而突然降臨災禍的城市失掉了尋找的目標。他的手臂酸麻，已經感覺到撐握不住雨傘；雖然這隻雨傘一直

保護他，可是當他抱著萬分之一的希望掙扎到城市中心的時候，身體已經淋漓濕透了。他完全被那群無主四處奔逃擁擠的人們的神色和喚叫感染到共同面臨災禍的恐懼。假如這個時候他還能看到他的妻子晴子，這是上天對他何等的恩惠啊。李龍第心焦憤慨地想著：即使面對不能避免的死亡，也得和所愛的人抱在一起啊。當他看到眼前這種空前的景象的時候，他是如此心存絕望；他任何時候都沒有像在這一刻一樣憎惡人類是那麼眾多，除了愈加深急的水流外，眼前這些愴惶無主的人擾亂了他的眼睛辨別他的目標。李龍第看見此時的人們爭先恐後地攀上架設的梯子爬到屋頂上，以著無比自私和粗野的動作排擠和踐踏著別人。他依附在一根巨大的石柱喘息和流淚，他心裡感慨地想著：如此模樣求生的世人多麼可恥啊，我寧願站在這裡牢抱著這根巨柱與巨柱同亡。他手上的黑傘已經撐不住天空下來的雨，跌落在水流失掉了。他的面孔和身體接觸到冰冷的雨水，漸漸覺醒而冷靜下來。他暗自傷感著：在這個自然界，死亡一事是最不足道的；人類的痛楚於這冷酷的自然界何所傷害呢？面對這不能抗力的自然的破壞，人類自己堅信與依持的價值如何恆在呢？他慶幸自己在往日所建立的曖昧的信念現在卻能夠具體地幫助他面對可怕的侵掠而不畏懼，要是他在那時力爭著霸佔一些權力和私慾，現在如何能忍受得住它們被自然的威力掃蕩而去呢？那些想搶回財物或看見平日忠仰呼喚的人現在爲了逃命不再回來而悲喪的人們，現在不是都絕望跌落在水中嗎？他們的雙睛絕望地看著他（它）們漂流和亡命而去，舉出他們的雙臂，好像傷心地與他（它）們告別。人的存在便是在現在中自己與環境的關係，在這樣的境況中，我能首先辨識自己，選擇自己和愛我自己嗎？這時與神同在嗎？水流已經升到李龍第的腰部以上，他還是高舉著掛雨衣的左臂，顯得更加平靜。這個人造的城市在這場大災禍中頓時失掉了它的光華。

在他的眼前，一切變得黑漆混沌，災難漸漸在加重。一群人擁過來在他身旁，急忙架設了一座長梯，他們急忙搶著爬上去。他聽到沉重落水的聲音，呻咽的聲音，央求的聲音，他看見一個軟弱女子趴在梯級的下面，仰著頭顱，掙扎著要上去，但她太虛弱了。李龍第涉過去攙扶著她，然後背負著她（這樣的弱女子並不太重）一級一級地爬到屋頂上。李龍第到達屋頂放她下來時，她已經因爲驚慌和軟弱而昏迷過去。他用著那件綠色雨衣包著她濕透和冰冷的身體，摟抱著她靜靜地坐在屋脊上。他垂著頭注視這位在他懷裡的陌生女子的蒼白面孔，她的雙唇無意識地抖動著，眼眶下陷呈著褐黑的眼圈，頭髮潮濕結黏在一起；他看出她原來在生著病。雨在黑夜的默禱等候中居然停止了它的狂瀉，屋頂下面是繼續在暴漲的泱泱水流，人們都憂慮地坐在高高的屋脊上面。

李龍第能夠看到對面屋脊上無數沉默坐在那裡的人們的影子，有時黑色的影子小心

緩慢地移動到屋簷再回去，發出單調寂寞的聲音報告水量升降情形。從昨夜遠近都有斷續驚慌的哀號。東方漸漸微明的時候，李龍第也漸漸能夠看清周圍的人們；一夜的洗滌居然那麼成效地使他們顯露憔悴，容貌變得良善冷靜，友善地迎接投過來的注視。李龍第疑惑地接觸到隔著像一條河對岸那屋脊上的一對十分熟識的眼睛，突然升上來的太陽光清楚地照明著她。李龍第警告自己不要驚慌和喜悅。他感覺他身上摟抱著的女人正在動顫。當隔著對岸那個女人猛然站起來喜悅地喚叫李龍第時，李龍第低下他的頭，正迎著一對他熟識相似的黑色眼睛。他懷中的女人想掙脫他，可是他反而抱緊著她，他細聲嚴正地警告她說：

「妳在生病，我們一起處在災難中，你要聽我的話！」

然後李龍第俯視著她，對她微笑。

他內心這樣自語著：我但願妳已經死了：被水沖走或被人們踐踏死去，不要在這個時候像這樣出現，晴子。現在，妳出現在彼岸，我在這裡，中間橫著一條不能跨越的鴻溝。我承認或緘默我們所持的境遇依然不變，反而我呼應妳，我勢必拋開我現在的責任。我在我的信念之下，只佇立等待環境的變遷，要是像那些悲觀而靜靜像石頭坐立的人們一樣，或嘲笑時事，喜悅整個世界都處在危難中，像那些無情的樂觀主義者一樣，我就喪失了我的存在。

他的耳朵繼續聽到對面晴子的呼喚，他卻俯著他的頭顱注視他懷中的女人。他的思想卻這樣地回答她：晴子，即使妳選擇了憤怒一途，那也是妳的事；妳該看見現在這條巨大且凶險的鴻溝擋在我們中間，妳不該想到過去我們的關係。

李龍第懷中的女人不舒適地移動她的身軀，眼睛移開他望著明亮的天空，沙啞地說道：

「啊，雨停了——」

李龍第問她：

「妳現在感覺怎麼樣？」

「你抱著我，我感到羞赧。」

她掙扎著想要獨自坐起來，但她感到頭暈坐不穩，李龍第現在只讓她靠著，雙膝夾穩著她。

「我想要回家——」

她流淚說道。

「在這場災難過去後，我們都能夠回家，但我們先不能逃脫這場災難。」

「我死也要回家去，」她倔強地表露了心願。「水退走了嗎？」

「我想它可能漸漸退去了，」李龍第安慰她說：「——但也可能還要高漲起來，把我們全都淹沒。」

李龍第終於聽到對面晴子呼喚無效後的咒罵，除了李龍第外，所有聽到她的聲音的人都以爲她發瘋了。李龍第懷中的女人垂下了她又疲倦又軟弱的眼皮，發出無力的聲音自言自語：

「即使水不來淹死我，我也會餓死。」

李龍第注意地聽著她說什麼話。他伸手從她身上披蓋的綠色雨衣口袋掏出麵包，麵包沾濕了。當他翻轉雨衣掏麵包的時候，對面的晴子掀起一陣狂烈的指叫：

「那是我的綠色雨衣，我的，那是我一慣愛吃的有葡萄的麵包，昨夜我們約定在戲院相見，所有現在那個女人佔有的，全都是我的……」

李龍第溫柔地對他懷中的女人說：

「這個麵包雖然沾濕了，但水份是經過雨衣過濾的。」

他用手撕剝一小片麵包塞在她迎著他張開的嘴裡，她一面咬嚼一面注意聽到對面屋頂上那位狂叫的女人的話語。問李龍第：

「那個女人指的是我們嗎？」

他點點頭。

「她說你是她的丈夫是嗎？」

「不是。」

「雨衣是她的嗎？」

他搖頭。

「爲什麼你會有一件女用雨衣呢？」

「我扶起妳之前，我在水中撿到這件雨衣。」

「她所說的麵包爲什麼會相符？」

「巧合罷。」

「她眞的不是你的妻子？」

「絕不是。」

「那麼妳的妻子呢？」

「我沒有。」

她相信他了，認爲對面的女人是瘋子。她滿意地說：

「麵包沾濕了反而容易下嚥。」

「天毀我們也助我們。」

他嚴正地再說。李龍第暗暗嚥著淚水，他現在看到對面的晴子停止怒罵，倒歇在屋頂上哭泣。有幾個人移到李龍第身邊來，問他這件事情，被李龍第否認揮退了。因爲這場災禍而發瘋甚至跳水的人從昨夜起就有所見聞，凡是聽見晴子咒罵的人都深信她發瘋了，所以始終沒有人理會她。

妳說我背叛了我們的關係，但是在這樣的境況中，我們如何再接密我們的關係呢？唯一引起妳憤怒的不在我的反叛，而在妳內心的嫉妒：不甘往日的權益突然被另一個人取代。至於我，我必須選擇，在現況中選擇，我必須負起我做人的條件，我不是掛名來這個世界上獲取利益的，我須負起一件使我感到存在的榮耀之責任。無論如何，這一條鴻溝使我感覺我不再是妳具體的丈夫，除非有一刻，這個鴻溝消除了，我才可能返回給妳。上帝憐憫妳，妳變得這樣狼狽襤褸的模樣……

「你自己爲什麼不吃呢？」

李龍第的臉被一隻冰冷的手撫摸的時候，像從睡夢中醒來。他看著懷中的女人，他對她微笑。

「妳吃飽我再吃，我還沒有感到餓。」

李龍第繼續把麵包一片一片塞在她的口腔裡餵她。她一面吃一面問他：

「你叫什麼名字？」

「亞茲別。」李龍第脫口說出。

「那個女人說你是李龍第。」

「李龍第是她丈夫的名字，可是我叫亞茲別，不是她的丈夫。」

「假如你是她的丈夫你將怎麼樣？」

「我會放下你，冒死泅過去。」

李龍第抬頭注意對面的晴子在央求救生舟把她載到這邊來，可是有些人說她發瘋了，於是救生舟的人沒有理會她。李龍第低下頭問她：

「我要是拋下妳，妳會怎麼樣？」

「我會躺在屋頂上慢慢死去，我在這個大都市也原是一個人的，而且正在生病。」

「妳在城裡做什麼事？」

「我是這個城市裡的一名妓女。」

「在水災之前那一刻妳正要做什麼？」

「我要到車站乘火車回鄉下，但我沒想到來不及了。」

「爲什麼妳想要回家？」

「我對我的生活感到心灰意冷，我感到絕望，所以我想要回家鄉去。」

李龍第沉默下來。對面的晴子坐在那裡自言自語地細說著往事，李龍第垂著頭靜靜傾聽著。

是的，每一個人都有往事，無論快樂或悲傷都有那一番遭遇。可是人常常把往事的境遇拿來在現在中做爲索求的藉口，當他（她）一點也沒有索求到時，他（她）便感到痛苦。人往往如此無恥，不斷地拿往事來欺詐現在。爲什麼人在每一個現在中不能企求新的生活意義呢？生命像一根燃燒的木柴，那一端的灰燼雖還具有木柴的外形，可是已不堪撫觸，也不能重燃，唯有另一端是堅實和明亮的。

「我愛你，亞茲別。」

李龍第懷抱中的女人突然抬高她的胸部，雙手捧著李龍第的頭吻他。他靜靜地讓她熱烈地吻著。突然一片驚呼在兩邊的屋頂上掀起來，一聲落水的音響使李龍第和他懷中的女人的親吻分開來，李龍第看到晴子面露極大的痛恨在水裡想泅過來，卻被迅速退走的水流帶走了，一艘救生舟應召緊緊隨著她追過去，然後人與舟都消了。

「你爲什麼流淚？」

「我對人會死亡憐憫。」

那個女人伸出了手臂，手指溫柔地把畫過季龍第面頰而不曾破壞他那英俊面孔的眼淚擦掉。

「妳現在不要理會我，我流淚和現在愛護妳同樣是我的本性。」

李龍第把最後的一片麵包給她，她用那隻撫摸他淚水的手夾住麵包送進嘴裡吃起來。她感覺到什麼，對李龍第說：

「我吃到了眼淚，有點鹹。」

「這表示它衛生可吃。」李龍第說。

李龍第在被困的第二個夜晚中默默想著：現在妳看不到我了，妳的心會獲得平靜。我希望妳還活著。

黑漆中，屋頂上的人們紛紛在蠢動，遠近到處喧嚷著聲音；原來水退走了。這場災禍來得快也去得快。天明的時候，只剩下李龍第還在屋頂上緊緊地抱著那個女人。他們從屋頂上下來，一齊走到火車站。

在月臺上，那個女子想把雨衣脫下來還給李龍第，李龍第囑她這樣穿回家去。他想到還有一件東西，他的手指伸進胸前口袋裡面，把一朵香花拿出來。因爲一直滋潤著水份，它依然新鮮地盛開著，沒有半點萎謝。他把它插在那個女子的頭髮上。火車開走了，他慢慢地走出火車站。

李龍第想念著她的妻子晴子，關心她的下落。他想：我必須回家將這一切的事告訴伯母，告訴她我疲倦不堪，我要好好休息幾天，躺在床上靜養體力；在這樣龐大和離亂的城市，要尋回晴子不是一個倦乏的人能勝任的。

七等生：「僵局」，香港小草出版社

# 約伯的末裔

施叔青

## 一

第七酒廠內，通向市集的鐵軌上，晚班車載走酒廠全天的產品，轟隆而過。震動著低坡下，沿鐵道著的曲直所拼搭的一長列木造的工人寮。

夏夜郊野的靜寂重又恢復了，左邊數過去第五間寮房裡，年輕的漆匠看見一些粉末似的東西，徐徐灑下木匠江榮的肩頭一帶。

咦！屋漏了。該死，火車震壞了屋頂。年輕的漆匠晃晃拳說。他慣有一動氣，臉就紅熱的毛病。

哪是屋漏？木匠江榮漫不經心地拂落肩胛上的粉屑說。蛀蟲爬入屋樑裡，啃著，咬

著。最後蛀屑灑下來了。

年輕的漆匠動手推撞了幾下木柱，又仰頭逡巡粗陋襤褸的屋頂。疑慮一下消失了，他釋然笑笑說：

呸！胡說八道，這麼堅牢的木屋，怎會生蛀蟲呢？

一種特別的笑，浮現江榮唇邊。

小老弟，就憑你一雙眼睛，馬馬虎虎看了一番，你倒已經心安了。我確定有蛀蟲，這是事實。

哦，說下去。

本匠江榮瞥了年輕漆匠一眼。他說：

幾天前，酒廠停工，白天，我躺在床上看屋頂發愣，就這樣被我發覺了。

那幾天你確實沒有出去。

對，我有哪個地方可去？木匠口氣變得粗暴已極。像發現蛀蟲這種事，也不可能是你。那是要有了年紀的人，安靜地守侯中得來的。

年輕的漆匠無所謂的聳聳肩。我不稀罕，他說。

蒼蠅在飛，是有什麼東西腐爛吧？那幾天我躺在床上苦思，江榮回憶說。突然，一小撮白粉飄落睡舖。我那職業性的警覺使我明白；這木屋整個給蛀蟲佔據了。

你不以爲這很可怕？江榮瞪著年輕的漆匠，說。木頭裡挖洞的小蟲，進行牠們底陰謀。聞不出臭味，也聽不見聲音，可是蛀蟲靜靜侵犯這房屋，無聲無息地佔據了……

然後呢？

江榮很快答道：然後屋樑被啄空了，變軟了。接著整個屋子坍塌下來，蛀蟲得到完全勝利。

年輕的漆匠樂觀地說：咳，屋子塌掉這一天不知是何年何月，恐怕那時我們早又到別的工廠去了呢，怕什麼？

不，我有預感，我會眼睜睜地看著這木屋陷塌。江榮拍落遍身上的蛀屑，固執地說。

因爲年輕的漆匠四處走動，所以蛀屑始終沾不到他。

那麼，明天上街買罐ＤＤＴ，噴死那批蛀蟲，不就得了？

才沒這般容易呢！木匠江榮愁著臉，沉重地吩咐說：明天別買ＤＤＴ，不會有效用的。蛀蟲太多了，何況我們又看不見牠們藏身的所在。

蛀屑綿綿落著，電燈照到積成幾堆的小山，在凹凸不平的木桌上，依序排列著。年

輕漆匠看了，覺得臉上的皮膚微微縮皺發麻。舌頭的裡面，噴湧出黏稠的唾液，想吞下去，喉嚨可又拒絕。

媽的，什麼也不買。我明天上工廠帶些剩漆回來，把屋子裡的木頭，一根根塗上厚厚的油漆，看牠們還作怪！年輕的漆匠一動氣，又紅通了臉。

算了。你嫌蛀屑落得心煩，我勸你買塊玻璃布，四邊綁在角落裡，高高的張開，像個露天的搖床，接住屋頂落下的粉屑，省得你看了不舒服。

這可是你建議的？木匠江榮一番話無意間提醒了年輕的漆匠。他的表情頗不以爲然。說來可笑，我倒忘了你是個木匠。你可以修，再不然，把房子搞一次大翻新。

木匠的身體緩緩向牆角靠過去。不，我老了，懶得動了。他說。如一頭獸，爬入穴內等死的獸。

唷，不到四十歲，卻以爲自己老了。滑稽，眞的滑稽！年輕的漆匠很暢的震聲大笑。

他威揚地兀立江榮面前。木匠只好站了起來。觸目所及，正是年輕的漆匠結成肌肉硬塊的胸膛。

有的人老得快些，像我就是。江榮垂下了眼瞼，說。

你這話說得毫無道理，我不懂。

不是身受的人，當然不了解很早就垂垂老去的滋味。相信嗎？我一生從沒有年輕過。

伸手爲江榮拂打衣服上新的蛀屑，年輕的漆匠傻直地看著他，說：

酒廠裡認識你的工人，說你是個怪人。我和你同房，除了覺得你太懶散，也看不出怪呀！

我是不同於你們的。現在你對小時候的記憶，一定不外乎捉蟋蟀、鬥天牛、爬樹、打水戰、玩陀螺。至於我呢？江榮虛怠的聲音，困頓地說：我從不闖禍，比女孩還要文靜。腦子裡，卻很會胡思亂想。

講一段童年的記事給我聽聽，好吧？年輕的漆匠，一拍江榮，興味地鼓舞。

「我十五歲以前的鄰居，」江榮開口道：「一對年紀眞的很大的夫婦。他們只有兩個人。我一天到晚注意那個老女人，所以也清楚了這一家的好些事。例如，他們根本沒有什麼親戚來走動走動，同時，老夫婦很窮困，天天吃著粗糙的食物。沒搬到這裡的時候，我家住在專門開棺材店的一條街。母親爲了怕我走失，反覆教我記唸：『杉市』就是我們住的街名。好像沒多久工夫，我用不著再記住那條街的名字了，因爲我們搬了

家。據說，當年的父親憑一時討厭經營祖父留下的棺材行，僅只花一天，全家即搬離那條街。」

「老夫婦隔壁的一間空屋租給我們，就這樣，我便說他們是鄰居。剛搬去的頭天晚上，父親很晚很晚才從隔壁回來。他躺到母親身旁，不低的聲音說：這間房子的主人是個掘墳穴的粗工。跟我以前一樣，專做死人生意。母親似乎不很善意地回答：這輩子你怕是擺脫不了吧？別忘了，你從娘胎出來，第一眼所看到的就是一口口棺木。死人這一檔事，誰又能知道？父親沉默不再接腔，他只深深嘆了口氣。」

「幾乎不可避免的，我跑過去認識這對老夫婦。白天，我家唯一不外出的母親，總愛有意無意的用眼睛逡巡我。受不了這種目光，我急急跑離家裡，躲到隔壁去。到那邊，老吉也不是天天有墓墳好挖的，沒有死人，他就不出去。我常常摸撫他靠在牆角，那一把手柄烏黑發亮的鋤頭，覺得好玩。」

「每次一逢到老夫婦同時待在屋子裡，老吉的女人裝出忙著收拾家務的模樣，故意不搭理她丈夫，反而滿屋子亂轉亂跑。她的兩隻手肘這時會特別向外曲彎，橫刺著威脅她底丈夫。老吉最可憐了，你不曉得他身軀有多龐大，只要用兩個小指頭，就能把他老婆的頸子捏碎。可是他卻被女人毒恨恨的嫌惡弄得手足無措。他躲過她，牆這邊到那邊，來回兩三趟，好幾次也想張口責備老女人。最後，一定是他放棄了鬥爭，情願默默地爬到角落去。」

哇，有這種女人，太兇了。還好沒碰上我，否則……年輕的漆匠渾身癢癢的，他憑直接反應截住江榮的敘述。

「別吵，你沒見過，老吉的女人有一種古怪的味道。很吸引人，卻說不上爲什麼。其實，她一點也不美。一個瘦瘦的，愁臉苦容的長身婦人而已。她臉上有痲子，而且那時候，已經老得臉皮有萎黃的苦瓜那麼皺。我猜眼淚爬出眼眶，都沒法往下滾落的。當然這是想像，她從不哭泣。她前額頂的髮根處，老像爬著一小隻紫紅的蜈蚣。後來我仔細看清了，原來是一道彎彎的疤。據母親從旁的鄰人口中得知：老吉的女人曾得一種狂病。還做閨女的時候，頭硬往牆上碰，結果留下額上的那一塊疤痕。還說，她有個瘋瘋癲癲的弟弟。幫人家挑水，一到井旁，常常扁擔一甩，無緣無故跌了個四腳朝天。」

「不管別人怎樣說她，我愛用眼睛看她，完全不像偶爾看我母親的那種神情。冬天，她的穿著很奇怪。春夏時那一套寬盪盪的長衣已足夠讓鄰近的婦人大驚小怪了。何況整個冬季，她筆一般挺的身軀，卻有意似的披上一襲黑絨的大衣。一圈屬於動物的體

毛繞著衣領，鬆鬆的，一捲捲的，像燙大花的女人底頭髮。偶爾，她蹲下來，全身的樣子使我想到姊姊課本上畫的一隻某種動物。她又很少說話，安靜得像那時戰後，街上出現影子一般，到處走動的那種瘋子。」

江榮暫時停止敘說。他走進廚房，拿出一把黑布傘，接著來到木桌旁，雨傘撐開，人躲在傘下。年輕的漆匠向他扮了個鬼臉說：木匠還怕腐爛的木頭掉下來的粉屑，結果，躲到雨傘下去了。嗯哼！有趣！有趣！

「老吉幹挖墳穴這一行，比以前我家做棺材更討人嫌。你想想，一掘深下去，據他說翻出以前埋葬的死人底毛髮、牙齒，甚至一根根枯骨是常有的事。夜裡，白天的記憶一起跑到夢裡來，老吉這麼大的人也被嚇得打抖呢！終年裡，老吉的女人不停地準備一紮紮的冥紙。每次老吉上墳回來，他的女人在彎入他家的巷口處，焚化一疊疊的冥紙。別人說是；爲了安定那群被老吉的鋤頭觸怒的死鬼。我可不以爲這樣。一當焚燒起來的火焰照得我看清她的神色，我發覺她兩隻眼睛骨碌向她家溜轉。而這個時刻，老吉習慣地在他屋子裡喝燒酒。巷口處，老女人會恨切切地將手中的冥紙，拼命往火裡扔。」

「所以，她一定隱藏什麼事實的。還有一個舉動更使我肯定我的說法。老女人一有工夫，就拿來一片粗寬的麻繩。她用口咬住，右手狠狠一拉，嘶的一聲，麻繩裂成兩半。這時，她的嘴便整個歪斜變形，好一會恢復不過來。這些麻繩剖細了，是用來綁冥紙的。她往往出盡全力，幾乎要用這細繩來勒斷那一疊冥紙。反正她就是那種充滿恨怒的表情，我熟悉得很。無聊中，我偷偷朝長桌上摸來一張錫箔，敷覆臉上，涼颼颼的。就像手中抓著捏碎了的蛤蟆，那種冷涼，可又不是舒服的感覺。」

年輕的漆匠黑黑的頭顱垂向地面，他幾乎瞌睡著了。你怎麼了？這一段不好聽？江榮搖搖他的臂膀問。又微喟地低語：你眞健康。當時，我最怕現在提到的這裡呢！聽著，年輕人，我接著就說精彩的地方了。

「咳，我想你也有過一個愛把所有秘密揭開來的年紀。更因爲我平常不好動，好奇心也格外強烈。雖然這一對老夫婦已夠陰氣了，我還一逕想揭發更怪的事情。甚至老吉挖完墳，當天晚上，全身浸在一大桶肥皀水裡，要泡到深夜，甚至老女人煎魚的時候，不准別人講話，說是怕口沫噴到鍋內，魚會跳將起來……等等奇怪的行徑，還滿足不了我。我既沒上學，也不情願照顧弟妹。眞可以說整天沒事可做，唯一渴想的，就是把秘

密掏得一個也不剩。」

「不久，我發現了一個神秘的所在。又因爲我沒能一下清楚它的一切，所以好一段時間，我全心全神地爲了它，幾乎可說有事好忙了。那天，我趴在老吉夫婦臥房的後門，從門縫向外窺看，後面應該另有一個天地，我猜想。老吉的女人卻永遠緊閉這一道門。那麼，顯然有秘密在那一方天地中了。說不定囚著一個狂人。或者，裡面藏了半人半獸的東西……儘管編出多少幻想，那道門卻關閉得鐵緊。我碰打了它一陣，也只有慢吞吞地回家。這天晚上，我到廚房洗腳，不意看到廚房有一面和那塊隱密的天地正是緊鄰，這中間隔著一堵長滿青苔的磚牆。還有，一個大食櫥厚厚地擋著。我再努力睜大眼睛，墊高腳，也僅看到牆緣栽著敲碎的玻璃，形成一面尖刀山。」

「我很苦惱，可又不敢向老吉的女人吭聲，要求她滿足我的好奇心。半年來，她已經習慣於我是個坐在小板凳上，狗一樣看她的男孩。而老吉極少在家。『他躲到大街一間豆腐店的半樓上賭博。大概難忍他的女人的惡待吧！』母親這樣說著，並且做結論。咳！愈是受到阻礙，那一處隱密的所在愈是蠱惑我，纏我。天天敲打那道門，也沒裂開一點點。耳朵貼著細聽，可又靜悄悄的，好像人的腳步或動物翻身的聲音都沒有。媽的，眞晦氣，那時我竟然還找出一個排遣自己的方法呢！我聚集許多小木塊，照那個情勢，四面用木塊堆疊起來。當然，我故意疊得很高很高，好讓我在來不及站起來，看入它底中間時，木塊已經崩散一地了。年輕人，這點你該了解，萬一那方天地眞如我疊的一樣，裡面實在一無所有，我的心會空乏得爆裂的。」

這時，年輕的漆匠揉揉眼睛，似懂非懂地看著江榮。他幫助木匠穩住雨傘，胡亂點了兩下頭，算是安慰，而蛀蟲依然繼續牠底陰謀。黑傘上面，已經滿佈一團團小白點。

「慢慢地，我觀察出；老吉夫婦臥房的這道門，是通入那個所在的唯一入口。我摸摸門上壞朽的銅鎖，眞不敢希望鑰匙會還沒遺失。終於有一個下午，老吉的女人好不容易出門了。我照樣坐在小板凳上，狗一樣看著她。臨出去時，她望我一眼，大門照樣敞開著。相形之下，後面那塊不願爲人所見的天地，更藏著很大的神秘吧?!」

「屋裡無人。我從從容容打量他們的臥房。比我家睡舖乾淨多了，只是到處過分平整，反而顯得單調。臥房內舊式的傢具十分酷似母親的嫁粧。紅木床兩旁掛鉤上，老吉女人漿洗好的長衣吊著，硬挺一如屍衣。黃昏的陽光被折彎了，投射於木床的中間。我循光看去，原來一個小窗，離門不遠，而且半開著，只是窗的位置極高。」

「我抓一把紅木凳，扛到五斗櫃上墊腳。人站到椅子上，兩手剛夠得攀住窗櫺。頸子伸再長，也著不見窗外的另一個世界。唉，我眞驢呢！頭仰得脖子酸痛，幾乎恢復不

過來。眼球奮力睜大，累到發澀。最後，還是沒精打采的下來。我氣惱自己個兒矮。回家去，向廚房裡的大食櫥猛踢了幾腳。姊姊出去報告，我挨了母親一頓打。異於往日的，我哭得十分傷心。」

一種類似幃幕般的東西，夾於木匠和年輕漆匠之間。夜深極，寮房內的光線暗淡。說到這裡，江榮打住了。他沒再繼續敘說往下的心情。另起了個頭。

「有一年秋天，小鎮遭了大地震。這天早晨，四周突然響起了地鳴聲，我一個人在前廳，妹妹睡在搖籃裡。我心一慌，立刻想衝出去。一霎時，大地搖得隆隆作響。母親顛顛撞撞從廚房跑來，她抱起嚇哭了的妹妹，直奔出外邊。我的母親一向不疼惜我。她撇下我一個人，自己抱妹妹跑得那麼快，快到我沒能抓住她底裙角。我恨她，恨死她。當我被一個不顧我的母親留在屋裡東倒西歪，連爬都爬不出去，老吉的女人這時卻踉蹌地扶著板壁過來。她歪歪斜斜，而且幾乎匍匐到我家的門框上。地震一直猛烈搖著大地，一綹未盤上去的髮髻灑落下來，披了老女人一臉。」

「我竭力跪著走前，手伸給她。我們一直縮著頭頸，互相拖拉來到門外曠地上。我想，那時我的心情就如一個小孩，伴著母親躲空襲警報。好一會，老女人枯瘦的手指一直撳入我的皮膚裡。緩緩地，元氣恢復了，她的手掌流著一股溫熱。沒想到吧？這影子似的女人竟也同我一樣的活著、驚嚇著。」

「地震發生的當天下午，一群人擠滿圓井旁邊。我一下鑽進去，猛然看到地上一個屍體緊靠圓井躺著。心一顫，我又像早晨地震，嚇了一大跳。說得確切些，死人不只靠圓井，應該說是以身軀的背面牢牢盤住圓井吧！他的兩隻手朝向空中，比劃出一個很可笑的手勢，永遠凝住了。離死人的腳旁不遠，有隻打翻的木桶，桶底朝天兀立著。老吉的女人底弟弟死了。人人猜測；挑水的時候，這男人因地震而發生了一次比平常厲害的痙攣致死他。路人皆知，老吉的女人底娘家，遺傳著癲瘋症。」

「看熱鬧的人散光了，我發覺老吉的女人還癡癡站著。她困頓地搖了搖頭。這副佝僂著身子的模樣，怎麼可能就是一向挺得筆直的坐在椅子上，被我像狗一樣注視的女人？早晨地震，她不也無措到打抖的地步？我甩甩她握過的手臂，突然好嫌惡老吉的女人。」

年輕的漆匠端詳江榮的手臂，好像有意看到曾被捏過的那個部位。老太婆捏摸你，什麼滋味呀？一問江榮，年輕漆匠的臉馬上又通紅了。

江榮沒理他，自顧自地說著：

「老吉的女人有了明顯的大改變，還是在她丈夫生病之後。她彷彿變成與一般女人毫無異樣，長著紅紅的，憂慮的眼睛，不再是默默地威脅她丈夫了，而是整天喃聲不休，滿屋子跑來跑去，造成使老吉無法忍受的緊張。她逼走了他。老吉抱頭逃開的那一晚，她倚在門邊陰惻惻地笑著。我母親說老吉的女人瘋了，就重重關上門，呼斥我上床睡覺。」

「約莫過了一個月光景，老吉病了，被人從豆腐店的半樓抬下來。搬回來時，我偷跑過去隔壁看他，只見老吉四肢腫得怕人。他緊閉的雙眼陷在腫大的臉面裡，只剩兩條皮膚的褶紋。往後的日子，老吉白天昏昏迷迷睡著，晚上卻常大呼大叫。他發著夢囈，一大串亂語之後，老吉陡然一醒，趕忙坐起身來，手朝屋角亂指，兩眼直愣愣的說：偌，果然眞的。剛剛彩雲告訴我，她就變成一張小紅凳伴著我。那一天，我坐上它，彩雲帶我飛，騰著雲上去……唉！她太體面，可穿起金色緞袍，光閃閃的……」

「有時，半夜裡，我被老吉淒厲的叫喊嚇醒，他似乎拼命躲著什麼，一面嘎聲泣求：不要抓我，別來……我看不到你，到處黑漆漆一團，讓我過去，讓我過去……不，我不願下去那個地方，我怕，我不！別拖我，別……老吉疲倦地翻身，又墜入另一個惡夢。他的女人拿起一把掃帚，口裡唸唸有詞，一邊往牆角亂打亂掃驅鬼。聽到碰響的聲音，母親模糊地對父親說：天底下，鬼魂的事最難纏。老吉半生掘墳，就落到這種下場。那群野鬼，不知死了幾百年，墓都坍陷了，也沒人祭拜，老吉挖新墳穴，不小心觸動它們，你聽，一個個全來了，這種東西最碰不得啊！」

江榮微低的嗓音頓音一頓，郊野寂寂的深夜，立刻擁來死亡那般安靜，而蛀屑的掉落一向無聲無息的。年輕漆匠打傘的手不免抖顫顫了。別停止，江榮，講下去吧！講到天亮，隨便說什麼都行！漆匠說。

「後來我不愛上老吉的家，狗一樣看那女人了。自從老吉患了肺膜炎，她格外精神起來。不是彎傴身體，跪在地上，用鼻子嗅各個角落，眼睛眈眈巡視屋內，便是霍的站起來，手拿掃帚到處亂打，嘴裡相同的驅鬼詞從不停止。更噁心的，是傍晚時分，她從臥房端出一個臉盆，一臉盆老吉吐的髒水，小心翼翼地捧著出去。我討厭她認真的忙碌著，團轉著。」

「再也看不到老吉的女人一身光潔的打扮，硬挺地坐著，悠閒操作家事。她邋遢，懶散而且疲憊。一天到晚忙著收拾、整理，卻只有使屋裡愈來愈亂。一股腐爛的臭味流溢出他們底臥房，味道也漸漸加重。變得鼻一嗅，就有要嘔吐的噁心感覺。」

「恐怕你忘了，年輕人，我開頭說到他們臥房後邊的那一小塊天地，你還記得我少年時期，爲它苦惱好久嗎？多年來，雖然尋不出結果，我倒慢慢淡忘了。直到有一個七月的大晴天，屋裡實在惡臭燥熱不堪，老吉的女人打開那道通往後邊的門透氣，白花花的太陽使我格外看清那一處天地。嘿，媽的，竟是個長了幾叢野草，成堆的破磚塊堆積在各處的廢園。我沒趣的走開，彷彿受騙一般。你知道，我多麼生氣老吉的女人，她輕率地打開那道門。而我一直幻想的神秘所在果眞一無所有。我不喜歡這個發現。」

我看，一定是裡邊眞有怪物，只不過後來放走還是怎麼了。隨便如何都好，你相信那個地方確實藏過奇怪的東西，可以了吧？年輕的漆匠爲江榮找藉口，好使江榮安心。漆匠永遠樂於閉上一隻眼睛，來看世事。他更善於掩飾，不去對事實的正面。也許，這就是年輕人的通病吧？

## 二

外觀上看，第七酒廠的工人寮，不似家宅，而是以偶然的方式湊合起來的一堆木屋而已。一年內的每一季，這鐵道坡下，一長列寮房裡，流動著酒廠內所需要的各種獨身工人。年輕的漆匠，學會了一點手藝的流浪漢，來酒廠打散工糊口，暫時歇歇腳。偶爾，隨便找來一個當地的女人，猝發一段熱烈的情愛。酒廠的工程完成了，他拍拍工作褲，坦然地走了。年輕人自信，另一個地方，有一段戀情等著他去發動。然而木匠江榮，總愛在假日裡，去女工宿舍，對著空洞洞的屋子發愣，站了一個晚上。第二天，這件事被當成笑話，傳遍酒廠每一個部門。由此可想而知，工人們需求的情愛顯然不是江榮這一種了。

蛀蟲依然爬滿木頭內，不息地侵襲這軒木屋。又是山城雨季的時節了。每逢江榮難以成眠的夜晚，他抱著枕頭，側身傾聽外邊滔滔的雨聲。最近一段日子來，江榮清醒地躺在睡舖上，細嚼雨夜的冰涼。他突發奇想，木頭裡的小蟲不僅整夜不眠不休地啃著，咬著。更可怕的，他微微感覺這群小生物，彷彿在漏夜趕工。牠們比白天更積極，更肆

意地蛀腐著。而藉著雨聲掩護，這批夜間的工作者更能無忌恐地進行牠們的陰謀。再過半個月，雨依然不停，那麼，屋樑會比預期的日限更快地變軟，以至坍陷下來。

年輕的漆匠是無憂的。今天傍晚，他又從酒廠帶回來剩漆，厚厚地塗抹每一根木柱。然後，放下漆桶、刷子，得意的抓一塊破布擦擦手，說：

江榮，沒想到我這油漆匠反而比你木匠有用。嘿，才不過油刷幾次，蛀屑就一滴也不敢再掉下來了。當初我塗屋頂，你說我白費力氣，現在呢？

江榮搖了搖頭。年輕人，你不懂的。這所房子挨不過雨季了。

年輕的漆匠氣盛的回駁，他的臉又通紅了。試試著，我油漆一層塗厚一層，那批混蛋蛀蟲鐵受不了的。你不想想，酒廠裡的大酒糟，上了漆不僅耐用，更是爲防止桶漏。我把木頭蛀壞的地方封上厚漆，這樣一來，密不通風了，蛀蟲還會不悶死在裡邊？

別傻了，年輕人，事情如果依你的方式解決得了，天下豈不太平了？江榮用一種有了年紀的人，體驗過許多的口吻說：我做了半輩子木匠，難道對蛀蟲的習性還會比你摸不透？他們本來適合住在不見天日的木頭裡。繁殖力很強。一開始，蛀蟲躲在木頭中心，從裡而外，默默噬咬。當蛀爛的粉屑掉落時，這已經是蛀蟲挖空了木頭，也等於公開表示，這棟房子屬於他們了。

木匠職業性的權威，使年輕的漆匠大起反感。他攤攤手說：得了，這些話去對你的徒弟傳授吧！我又不搞木工。總說一句：咱們打著燈籠，走著瞧吧！

江榮提不勁吭聲，他爬上睡舖臥下。抬眼望著疊了幾層油漆，反而一天醜怪一天的屋頂。心想：又是個濕濘，煩人的雨夜，那批傢伙一定以雨聲掩護，趕夜工蛀倒這木房吧？誰對牠們又奈何得了？

年輕的漆匠善於忘懷。他飛快變動的情緒，如一座忽強忽弱的噴泉，往往使不太靈活的江榮，為之目不暇接。像現在，年輕漆匠的那顆黑髮的頭，緊挨著墜下木桌的電燈泡，他對向一面小鏡子，擠出半顆米粒大小的青春痘。

下午絳桃找我，她偷偷跑出包裝部，我和她一起去大酒槽旁，絳桃拉我蹲下……偷偷摸摸的，很好玩哩。年輕的漆匠抖著腿，專心而快樂的說。

咦，降桃？管包裝機器的那個女孩吧。記得你嫌她太肥了，怎麼又勾搭上呢？

誰像你這般老實？木匠，怪不得大家說你是個『君子』，年輕的漆匠鵝聲地呱呱笑起來。工人寮住的單身漢，找女工宿舍的妞兒玩玩，用得著大驚小怪嗎？

年輕的漆匠做了個無所謂的姿勢。他的大手沾染骯髒的桔紅色漆。油漆擦不掉，留在手掌，乾了，龜裂了。這情狀使人想到；漆匠的手曾在血裡浸過，現在血乾了，又褪色了。

絳桃是個好女孩，蠢得像隻母鴨，江榮說：別傷害她吧！

可是，她先向我說：她愛死我了。

是嗎？……江榮臉側向裡邊去，臉皮抽搐了一下。

喂！上禮拜她來那一次，你還記得你那天表演的絕招嗎？年輕的漆匠取鬧江榮。他說：你那份害羞的模樣，可不遜於娘兒們呢！

少亂講。江榮很快地說。

絳桃來了，你自告奮勇，跑去燒水泡茶招待她。你在廚房不時磕碰東西，發出好響的聲音。今天絳桃和我重又提起這件事，才說到這兒，她就笑得拼命揉肚子。

哦，絳桃怎樣說我呢？江榮悲聲問。

她說：木匠眞滑稽，一見到我，緊張得坐立不安。他連手腳都不知擺到哪裡才妥貼呢！剛一停嘴，年輕的漆匠突然大喊：對，我正要問妳，那一次你是不是耐不住緊張，才跑到廚房去躲起來的？

絳桃猜是這樣，對吧？江榮垂著頭，緩緩地說。

年輕漆匠一揚手，猛拍江榮的肩胛：咦！老傢伙，你倒聰明，她正是這樣以爲。我還和她打賭一場電影呢！我眞笨，一直強調說你體貼她，好心爲她預備茶水的。

江榮感激地瞥了年輕漆匠一眼。到底有你懂得我。他想。

後來呀！你簡直太出醜了。年輕的漆匠大步在屋裡走來走去，他情緒高漲，臉紅得發熱。江榮，你怎麼會那麼差勁。端著茶出來，沒料門檻絆了你一跤，人結結實實摔了不說，絳桃還跑回去宿舍大說特說，弄得大家都曉得了。

咳！住嘴，聽見沒有？閉嘴！江榮從床上跳起來，憤怒大吼。

好好！不說，不說了。嘴裡哄著江榮，年輕的漆匠臉上卻注滿捉狹的神色。

空氣的波流平靜了好一段時間，江榮重新打破沉默：

這個酒廠風氣很壞。男工人看女工，幾乎是要把人家吞下去的一副饞相。有時兩個男女走路相碰了一下，本來沒有事，他們卻愛彼此不正經笑罵一番。

這樣才好嘛！大家親親熱熱的。漆匠抬抬眉毛，怪笑地駁江榮。

我愛過一個女孩。到現在為止，始終沒碰過她。江榮振聲強調說。

老傢伙，說說你的戀愛經過吧！年輕的漆匠活動四肢，無奈地自語；反正這種鬼天氣，沒地方好跑的。

於是，江榮縮坐在睡舖上，手抱著膝蓋，開始敘說起來：

「我第一次懂得情愛之事，約莫我十八歲那年。那個時候，我和母親之間的不睦，嚴重到好幾次我差點動手揍她。家裡趕我出門，我跑去一個極小極小的地方，找到一條死巷入口處，矮破的一間小閣樓住下。」

「小閣樓的右首，臨著大水溝勉強撐搭起來。危險到我在屋裡稍微步子重些，整個閣樓都要晃搖著。本來我可以有一個床位的，那是在『南北貨運』的工人寮裡。這家貨運專門配送小地方出產的香蕉到各處去。當時我去幫忙把香蕉裝箱，賺點錢糊口。貨運裡擔任搬運的苦力欺負我，他們奪去分配給我的床位，寧可在上面堆雜物，也不准我去睡。年輕人，你是知道的，我生性不好惹事，加以那時年紀又小，逢到這種不平等的對待，我還是隱忍著。偶爾氣不過，遠遠站在工人寮門口。看進去，只見一間又髒又亂的大屋子，擁擠地排滿上下舖的床。我悻悻然想道：他們就和堆在倉庫裡，明天成批運出的香蕉沒有兩樣啊！說來可笑，不過在當時，我會因這個想頭，心裡著實舒坦了好些。」

「大略想來，那段日子我過得挺逍遙。沒有太多慾望的大孩子，傍晚散工回來，好玩地嚼嚼檳榔，弄得頭昏旋了，故意把檳榔汁吐到路上女人的腳旁，惹她們一陣呱呱叫罵。我趕忙快步跑開。簡直為自己的惡作劇笑酸了腰。天黑了，我爬上小閣樓，躺下來打飽嗝。往往吃一頓稍稍豐盛的晚飯，都會使我覺得這世界美好極了，一切顯得多麼溫暖。」

江榮，這是什麼心情啊？我猜不透。年輕的漆匠歪著頭，詫異地問。江榮解釋道：要了解這點，必須歸結到我家的環境。唉！我出身窮家。上幾代的先祖赤貧得像地鼠。直到我父親這一代，依然連屬於自己的一小塊地都沒有。我離家以前，還是很少有吃飽的時候的。

「剛剛提過，我第一次懂得情愛之事，約莫我十八歲那年。這條小巷對我的意義，突然不再如閣樓右首，止水的臭水溝一般讓我因熟悉而忽視了。一個年輕女子引起我的注意。每天上午，賣小菜的搖鈴聲，照例響徹我住的附近一帶。死巷盡處，聞鈴聲而來的，是個慵倦的年輕女子。鬆弛的滿足掛在她底臉上。一件齷齪的碎花睡袍，嫌小地裏

住她豐滿的身體。往往，胸前一排鈕釦倒錯地扣著，好像急著出門，隨意披上去的樣子。她看來總是懶洋洋的。有幾次，一個乞丐似的小男孩，踢踢拖拖地跟在她後邊，女人垂著手，不起勁地牽著男孩，漫不經心的買小菜。屋外的天氣，微風，太陽彷彿滲不進她的感覺裡，我先猜她是個痲木的娼妓。可是，只要她一返身，你看她急急奔往半掩著的，巷底那間小屋時，你會以爲：那裡面，一個男人擁著豐碩的愛情等著她。」

「而我發現這些的時候正是春天，各色各樣的貓在垃圾堆上游走，他們沿街戀愛。這以後，我嘗到了苦頭。吃罷夜飯，爬回小閣樓，卻不能很快睡著。腦中老是盤旋著巷底屋裡那一對同居的男女，不知不覺，我陷入一種古怪的恍惚之境……唉，我怎樣形容呢？還好，這種煎熬開始得突然，結束得也突然。我一輩子也忘懷不了那幕情景，這記憶深刻的程度，就好像死死印貼到我的眼皮上去，以至我隨時一眨眼，立刻能招來那個印象。暮春的日午，我習慣地以午睡打發下午上工以前的時間。剛跨入我住的巷口，三個男人排成一橫線迎面走來，中間的那個不僅垂頭喪氣，以他骯髒不堪的一身，更與從腋下提著他，兩旁兩個警察燙平的制服，構成突兀的對比。我爲這情勢錯愕得愣住了。骯髒的男人這三個人剛要和我擦身而過的當兒，他們後面起了一陣快跑的細碎腳步聲。航髒的男人驀地奮力扭擰著，他勉強歪著脖子，拼命把身體車轉後去，並且停住不走。我看到那個每天早晨買小菜的年輕女子，手捧著肚腹急急跑向前。霎時間，兩人的目光碰觸了。我一下子明白了一切，那個男人一對眼睛，本來像垂死的獸一般昏暗。女子一出現，他的眼角馬上泛著貪婪的春情。如果不是兩個警察緊緊拖住他，我敢打賭這男人會衝上去，摟抱女子的肉體，緩和他內心無法填滿的饑渴。就這樣對視了好久，男人突然全身瑟瑟發抖，他的眼神轉爲乞憐，我注意他蒼黑，乾硬的皮膚，知道他是個上了癮的吸毒者，最後警察粗暴地帶走那男人。我在一旁彷彿感到；警察強力撕開兩個連體人。」

說了半天，你是愛這個女的，嫉妒她的男人。年輕漆匠插嘴道。他又似若有所悟地說：男人被抓去了，你痛快吧？喂！以後呢？江榮望著漆匠又通紅的臉，啼笑皆非地說：屁！你少瞎猜，我這輩子就是被那女子搞慘了，我恨死她了，年輕人，你聽呵！

「警察抓走吸毒的男人，年輕的女子癡傻地站立著。剛才眼前那幕景象似乎還沒使她弄清楚。她看來惺忪遲倦，還耽於情愛之流，男人被帶走的事實也清醒不了她。我在一旁輕蔑地打量她，看到她齷齪的碎花衣睡袍下面，小腹微隆著。這模樣正像垃圾堆上，一隻醜怪脫毛，懷孕的母貓。呵！多少日子以來，一對同居的男女躲在屋裡，以爲縱樂就是他們生活的全部。結果男人不成人樣地被拖出來，年輕女子現在還醉溺於昨夜

的激情，不能自拔。好一個悽慘的下場。我心底痛快地叫著：活該。你們有罪，活該受罰。誰叫你們過那種無恥的生活？」

「當我又長大了一歲之後，來了陣偶發的情緒徹底改變了我。我不僅因悟解而在內心原諒那對同居的男女，附帶地，我學會了更通達地來看世事。年輕人，我告訴過你吧？有些人長得快些，也老得快。像我就是。加以環境又太複雜，我在二十歲的年紀，便懂得很多。我是指關於成人的事。一天黃昏時分，巷子裡的水管壞了，裂開的那一段正好在我住的小閣樓下邊。開始的時候，水花迸湧上來，我和鄰近頑皮的小孩，爭著用手去接住破洞，故意讓水噴濺四處。入夜了，我躺著，卻怎麼也睡不著。外面水聲滔滔地流著，起初隨便聽聽，那流水聲卻也纏綿、悅耳。漸漸地，我發覺它沒有流完的時候哩！水管的裂縫，就如一個餓肚的小孩的嘴，不理會母親萎縮的乳房，只顧一個勁兒吮吸著，毫不放鬆。水流終於有氣無力，可是還纏綿不絕。我先是心煩得要命，雙手掩住耳朵，反而因期待水聲停止而更清醒，弄得我一點睡意也沒有。那時秋末九月了吧，天氣冷涼，寂寞如窗外的秋風，吹入我的裡面。我平生第一次感到孤單，渴望有人撫愛我。呵！難受極了。好長的長夜，我找不出排遣的方法。再也強忍不下這份寂寥，我踉蹌奔下閣樓，去田畦走到天亮。」

說到這裡，江榮以悽愴的神色諦視年輕的漆匠，他因追懷著自己血虧的青春，而簇擁起一片黯然。

「別離了那個小地方，我來到楓鎮。父親傳授給我的手藝，此時派上了用場，我藉著它謀生至今。不過，也就爲了不忍辜負我這雙很巧的，木匠的手，二十年來，我的歲月躲在木桶內虛度了。你也看到的，這次我被招募來酒廠，還不是把身子沒在大酒槽內，修補壞損的地方，日復一日，我的膝蓋跪著，長出老繭來。我沒有悲哀，只感到疲倦了，老了。」

「咳，不提喪氣的事兒。我說到離開『南北貨運』，一家醬油工廠招我去做盛放醬油的木桶。楓鎮是個古風的小城。醬油工廠提製醬油的方式，一如楓鎮的民習一樣保守、落伍。我天天躲在木桶裡，刨著，鑿著，賣力地替老闆工作。另一方面，我再怎麼胡思亂想，也不會有被人看出的恐懼，木桶裡變成了安全的所在，我可以蹲在桶內，幻想一些亂七八糟的事，快樂自己。」

「我羨慕你，小老弟。每天酒廠做工，你提著漆桶，從這個酒槽揮刷到那個，油漆隨著你忽高忽低的手臂，淋淋而下，好比你沿頭頸成串滴下的汗珠。讓人看了，覺得你

健康，而且平衡。對付女人，除了命定不如你，更糟的，我一直被迫處於劣勢。像荷子，她看扁了我，也難怪，我們的認識並不是相對待的平等。早晨，我躲在木桶裡，等著她和一大群女孩來醬油廠上工。她們活潑地走過我，其中荷子胖嘟嘟的腿肚，擠出白色線襪外。布鞋裡的腳矯健地踏步，彷彿踩踐我心坎一般。一長段日子，我心甘情願地承擔這種屈辱的，卻不是沒有快感的悅樂。」

「為了工作方便，荷子喜歡穿一條靛藍色的短裙，裙子下襬遮不過膝蓋，露出一截圓圓的大腿。她走路的姿態，老愛一扭一扭的，煞是誘惑人。我爬出陰暗的木桶，怯怯地走向她。說來你會笑我癡，當時除了荷子，別的我什麼都不想，也不願去想。我算準時間，一等荷子扛著黃豆，走到院子的井水旁掏洗，我已經隱身一棵大樹後。她彎下腰汲水，緊短的上衣整個縮上去，我心跳地看著她健壯而且苗條的背。看到她淘好黃豆，抬入工廠裡，我這才陶陶然走開。」

咦呵！老傢伙，你竟然會來這一套。年輕漆匠紅脹著長青春痘的臉，撮唇高高呼了幾聲。屋樑內的蛀蟲似乎被驚動了，隨著變小的雨，驀然噤聲了。

「荷子很像現在的你，年輕，愛笑，渾身是勁。下午我倚著大樹，耐心等她。遠遠地，荷子從醬油工廠的內部走來了。她習慣一手拿著綁頭布巾，渾身上上下下撲拍。灰塵從她衣服上飛光，荷子於是俐落地用布巾綁好頭髮，扭擺到我身邊。她愛對我亂發脾氣，我可全忍從她。那一年，十二月了，天氣暖和得穿上單衣都賺熱，荷子借氣候比喻我：江榮呀！你看這種怪天，該冷不冷，不該熱又熱，說著，她手朝我鼻子一點：就像你，陰陽怪氣的。接著她咯咯大笑了好久。」

「我對她死心塌地，拼命想法子討好她，博她歡心。好不容易從街上花店偷一朵玉蘭花，興沖沖給她。沒想荷子把花一摔，嘴唇撇起好高，她跺著腳罵我：你家死了人哪？誰要這種像帶孝的白絨花？下一次，我一定買回一大把大紅的玫瑰，賠笑地求她接受。」

「荷子需要隻男人的胳臂抱住她。本來，她只穿內衣，不意被我撞見的那一晚，我首次摟了她裸赤的膀子。僅一個瞬間，當我看到燈光下，荷子的眼睛因我底親撫而顯出惺忪、倦懶，我猛地一震，放鬆了她。荷子罵我神經病，把我推出門外，發誓不再理我。她哪裡曉得，好久以來，我把捲成人形的棉被當是她，每晚抱著睡。甚至天涼了，我都捨不得散開來蓋。我渴想荷子的程度，嚴重到這等地步。」

年輕的漆匠憤憤然，他的臉猛然紅赤了。重重的一推江榮，揚聲叫道：傻瓜，那晚你該要了她，不就成了？嘿！用不著強暴，她一定會服貼的。江榮漸漸皺緊了眉頭，人眞的顯得老了。他甘心忍受的表情使人心酸。

「我不敢犯她。尤其那一夜，荷子慵懶的眼神，我因而想及以前小巷那個年輕的女子。你明白的，那時我正値青年，一衝動，我們也可能像那對同居的男女一般，過動物般的生活。我拖荷子捲入情愛中，整天躲在屋裡，抱著荷子，要她陪我，不讓她走離我一步。更可怕的，荷子過了些日子，她將變得臃腫、癡肥，除了慾情，什麼也不想。然後，荷子的身體像一團失掉彈性的破海綿……喔！天，荷子原是這般純潔呢！我不忍心毀了她，我太愛她了。」

「年輕人，你會不滿意我，以爲我太過慮了。依你健全男子的想法，總把男女相悅之事，當成最自然不過的了。可惜我天性多疑，我老提心吊膽，害怕自己會墜得像那個吸毒的男人一樣深，我疑心會有這種傾向，說不定，我是個天生的肉慾者。」

「我重又爬回木桶內，彷彿它是世界上唯一覺得安全的所在。當然，從木桶裡，溜出眼睛，追尋荷子擠出白色線襪外，滾圓的腿肚，以及讓她穿布鞋的腳，踩踐著我。一個並非無能的男子，卻只有享受這種屈辱的，暗自想哭的踐踏。我……」

涙光浮現江榮的眼眸，窗外黝黑的天也哭泣著，難挨過殘剩的下半夜呵！江榮默默躺下，對視屋樑，想像那群蠕動的蛀蟲，為他們即將握有的勝利喧嘩著……

下一天，年輕的漆匠到女工宿舍找絳桃。

哦，是你呀，絳桃把玩著一朵紅玫瑰，故作媚態地說：江榮剛剛送我這個，像獻寶似的。猶豫老半天，用雙手捧給我，好好玩。她向年輕的漆匠擠擠眼。警覺到宿舍裡別的女孩正羨慕地望著她，絳桃隨手將花一甩，插入年輕漆匠的臂彎，然後，炫耀似地向宿舍女孩擺擺手。出了門她浪笑說：江榮和你，還有別的，總之呀，所有的男人，一路貨。說著，她更緊地勒住年輕漆匠的手臂，整個身體偎靠過去。

施叔青：「約伯的末裔」，臺北仙人掌出版社，一九六九年。

# 看海的日子

黃春明

## 1　魚群來了

當海水吸取一年頭一次溫熱的陽光，釀造出鹽的一種特殊醉人的香味，瀰漫在漁港的空氣中，隨著海的旋律飄舞在人們的鼻息間的時候，也正是四月至五月鰹魚成群隨暖流湧到的時候。三月間，全省各地漁港的拖網小漁船，早就聚集在南方澳漁港，準備撈取在潮頭跳躍的財富。而漁船密密地挨在本港和內埤新港內，連欠欠身的間隙都沒有。人口的流動，使原來只有四五千人的漁港，一時增加到兩萬多人。其中以討海人佔最多；那些皮膚黑得發亮，戴著闊邊鴨嘴帽的，說起話來很大聲的，都是討海人。還有臨時趕到漁港來擺地攤的各種攤販，還有妓女，還有紅頭的金色蒼蠅，他們都是緊隨著魚群一起來。一年裡頭，這是漁港的一個忙碌的時節，也是一個瘋狂的時節。

從那一天，第一批漁船在海洋裡，放下拖網觸到滯重的鰹魚訊息開始，整個漁港的作息即刻就解開了晝與夜的劃分。帶著漁訊回來的船隊的漁火，在澳口外十多公里海上的黃昏裡升起來了。等漁訊來到澳口的時候，山的巨大輪廓已被黑暗吞食。海只剩下簇湧在石蟾蜍礁群前漂晃著的漁火，漁船一隻一隻謹慎地閃過暗礁，駛入他們叫做門檻的礁間的深溝。穿過這門檻以後，漁火就成了整齊的一路縱隊，直駛入澳肚，再駛向港內。船裡的喧嘩傳出漁訊。當船還沒入港之前，漁港的人都似乎被一記巨大的鐘聲懾住了。從那一刹那，漁港的人都以語言或是喜悅的顏色和動作，互傳著「魚群來了！」的消息。

那些貧窮人家的小孩，提著草袋，帶著弟妹，很快的跑到魚市場，等待偷一些魚回去。其實他們經常是等漁船一靠岸，魚一籮一籮地被扛下來時，就在眾目睽睽之下，俯身到籮筐裡去搶魚的。這在他們想起來也是一種交易。當他們俯身去搶魚的時候。任憑自己的背部讓討海人的痛打，讓人辱罵。開始時這些孩子們這樣想：拿他幾條魚，打也給打了，罵也給罵了，現在不是扯平了？討海人也那麼想：打也打了，罵也罵了，就讓他拿幾條魚吧！幹伊娘哩！小土匪！後來雙方都不必再那麼想了。打罵和魚的交易，早就在此地成爲這種時節裡的他們的一種生活習慣了。

船的引擎聲漸漸逼近了。臨時搭在山腰間的娼寮，開始緊張起來了。阿娘站在門外看到已經駛入澳肚裡的漁船，心裡也跟著引擎聲砰砰地跳動。她回過頭向裡面喊著說：「你們這些查某鬼仔，錢來了！」裡面的妓女都走出外面。阿娘指著下面的漁火：「哪！鰹魚群來了！今年比去年來的早。才月初呢！……」她突然改變語氣向裡面喊：「阿雪，你還不快吃飯，等一下連讓你坐起來的時間都沒有咧！」

## 2 雨夜花

見了她的人都深信她以前一定很美。現在除了憔悴了些，仍然對男人有一股誘惑的魅力。或許這只是一種對她過去的美的聯想幻覺所駐留的錯覺。儘管她怎麼努力於樸素的打扮，始終無法掩飾那種她極力想掩飾的部份和自卑。自從十四歲就在中壢的窯子裡，墊著小凳子站在門內叫阿兵哥的日子，到現在足足有十四年了。這段期間習慣於躺在床上任男人擺弄的累積，致使她走路的步款成了狹八字形的樣子。那雙長時間仰望天花板平淡的小世界的眼睛，平時也致使它的焦點失神地落在習慣了的那點距離，而引她

聽到那種雄性野獸急促喘息的聲音，令她整個人就變得那麼無可奈何起來。再加上一般人對她們這種職業的女人的直覺，這些即是牢牢地裹住著她和社會一般人隔開的半絕緣體。

雖然她早已習慣於在小房間裡，在陌生男人的面前剝掉僅有的衣肴。但是她還是一直害怕單獨到外頭走動。除非有什麼不得已的事情。這次她必須趕回去。誠然她永遠不能原諒養父出賣她身體的事。可是頭一年的忌辰在她家裡來說，是一個重大的日子。阿娘本來很不願意她在這個生意盛忙的時候請兩天假。尤其像她能叫絕大部份的男人喜歡，而當他們再度來買女人時，都指名找她的情形下，這兩天的假在阿娘和她本身，都算是損失的。有什麼辦法？遇到這種日子，只好答應阿娘盡早回來。臨走阿娘又再三的吩咐說：「早一點回來，最好能多帶幾個查某來幫忙。」從漁港順便帶幾條新鮮鰹魚，急忙的趕到蘇澳搭十二點零五分的火車，準備回瑞芳九份仔。

起站的車廂有的是空位。她很容易的選到合意的位子。現在剩下來的時間是火車的了。有足足兩個小時的時間，夠她小憩一下。從鰹魚大量的被討海人撈起來的那一天開始，她就沒有好好的休息過。比起山腰的房子，現在好多了。閉起眼睛睡不睡都沒關係。只要能迴避那種叫人渾身不舒服的冷眼就好了。把頭靠在窗緣，雙手抱在胸前，腿鬆鬆地伸直而小腿交疊著，這樣整個人像舒適的頂在一個巧妙的支點，隨著車廂規律的沿途輕搖。因爲心裡老擺著一串鰹魚放在椅子底下，她的瞌睡在短短的時間內就被驚醒過來。每次探頭去看椅子底下，從鰹魚的口裡流出來的鮮血，一次比一次地攤展開來。她心裡還有點爲了公德的歉意而著急。看看鄰近的人那種若無其事的閒情，總叫心裡平靜了許多，其實也不知怎麼做才好。

車子到了羅東，再經宜蘭，車廂就擠滿了旅客。在她的瞌睡中，旁邊的空位早已坐下來一個中年的男人。等她醒過來，那個人慇懃的遞過來一支香煙給她。她一時驚異而木訥地望著對方現出困惑的樣子。那男人笑著一邊把香煙送得更近，且一邊說：「你當然不會認識我，但是我認識你呀！眞想念啊。嗯！來一支吧！」她對這男人的輕浮感到噁心，甚至於十分惱怒。這種一支，一條，一根啦的等等用詞的雙關語意，她聽得多了，不過那都是在幹那種買賣的時候，心裡早就有這種迎合客人的準備。因此比這更露骨，更下流，更黃的都不在意。爲什麼在外面，這些人還不能把我也當著一般人看待？眼看身邊這個油頭粉面的胖臉，她猛轉過臉不去理他。那男人把香煙放在自己的嘴裡點燃，而他那種悠然自得的神情，似乎預期等待收穫她的氣憤的樣子，她笑了。從來就沒有像此刻這種受嘲的情形，使她感到這般寂寞。儘管她怎麼嘶聲呼救，或是呼喊自己的

名字，在心靈裡竟連自己也聽不見了。一陣惶惑過後，她想：她要是一個普通人的身分，這一下子很有理由給這個無恥的男人摑一記耳光。但是話又說回來，我要是一個普通的女人，他也不會對我這般無禮吧。她從骨子裡發了一陣寒，而這種孤獨感，即像是她所看到廣濶的世界，竟是透過極其狹小的，幾乎令她窒息的牢籠的格窗。突然，一個熟悉而友善的臉孔，在另一個車站上車的旅客中出現，沒有比這更叫她興奮的了。

「鶯鶯——」她站了起來。由於過份的興奮，尖銳的聲音引起許多陌生的臉孔也一起轉過來。

那個在人群中特別小心地抱著嬰兒的母親，驚訝的將視線抛過來，接著禁不住地喊了出來：

「梅姊！——」安睡在懷中的嬰兒，被母親大聲呼喊驚駭了一跳。母親一邊輕拍著小孩壓驚，一邊急急的擠過來。當她們面對面的時候，一時激動得說不出話。只有讓互相關心著而滿含感情的眼睛，彼此去體會無從敘說的話。最後鶯鶯欣慰的打量梅姊身邊的那個男人。梅姊明白了這個意思，馬上解釋說：

「我一個人回九份仔。」她不再木訥了。她快活地：「什麼時候生了小孩？怎麼結婚都不讓我知道？」

鶯鶯似乎被責備而歉意的說：

「去年在臺東結婚的。當時我只想讓你一個人知道。但是，那時聽說你在屛東，後來又聽說你在北投，又聽說在桃園，眞叫我到哪裡去找你好？」她的眼眶紅起來了：「結果我們這邊只有我一個人。要不是魯先生的幾個朋友，我想我的婚禮是最寂寞的了。」

本來一直站在後頭的一個五十開外，個子高大，外貌忠厚的男人，向前踏了一步出來和鶯鶯並肩依在一起，同時伸出笨拙的右手臂，輕輕地摟著似乎因受委屈而感傷的女人，給予無限的安慰。從那男人善良的笑容，即可看出鶯鶯已經眞正的結束了過去的生活了。梅姊心裡十分高興而深深地感動著，除了她，沒有人會爲這件事這般地感動。

「是我的丈夫，姓魯。」鶯鶯亮起眼睛又說：「她就是梅姊！」他們互相點了點頭。鶯鶯接著說：「他曾經是少校咧！我的一切他都知道了。我也經常向少校提起你的事。他一直說他很願意見你。」她轉過臉向少校說：「喏！我們終於見到了！」

「是，是。……」少校內心的那股純厚叫他尷尬了一陣，停了半晌說不出別的話來。

而梅姊亦爲莫名的感觸，害臊的低下頭來。

四年前，梅姊和鶯鶯曾經在桃園桃源街的一家妓女戶裡幹活。那時鶯鶯也是才十四歲，是一個發育不甚健全的女孩子。她到那裡的第二天傍晚，一個兔唇的粗漢，帶著七八分的醉意，一進門就看中了鶯鶯，這個兔唇的男人將頭低下來，逼近鶯鶯的臉，鶯鶯的背部牢牢地貼在巷廊的三夾板的牆壁，由於她極力的退縮，三夾板的牆壁吱吱地叫響。本來鶯鶯還本能地用手去推他。但一看到那可怕的臉孔的逼近，她很快的縮手，連手也牢牢地貼在牆壁，腳卻一直感到酥酸起來。那男人說話了：

「怎麼，嫌我醜嗎？我不嫌你就好了。臭婊子！」鶯鶯什麼都沒聽到。只看到近前一個怪異且大的嘴巴用力的動著。在那人中的部位，缺裂得很開，同時在那裡還可以看到兩邊橫長出來的四顆大黃牙。在那頂端隨時都凝聚一團泡沫，每次開口說話，那泡沫就飛濺過來。鶯鶯迅速的甩動自己的頭，讓臉頰在自己的肩上擦去對方的口沫，然後又迅速的閃開，一直衝進小房間裡把自己鎖在裡面害怕的哭起來。這兔唇的男人好不甘心的跟著追過去，拼命的敲那小房間的門叫：

「他媽的，我操死你這小屄樣！」那扇甘蔗板的小門幾乎就要被搗碎。鶯鶯在裡頭嚇得再也不敢哭出聲了。這時白梅很快的走過來，拉著那個盛怒的男人說：

「客官，你搞錯了，那是我們這裡的小妹，要是你想買香煙你可以叫她。」

「我才不在這裡抽煙，我要玩她。」

「你想吃她，那還要等幾年哩！」白梅輕鬆的說。

「我不要等幾年，我現在就要！」

「現在就要嗎？好吧！來嘛！」白梅施著媚態，將那男人的手牽過來放在自己的胸口裡面。那男人笑了：

「他媽的！還是眞貨哪！」

就這樣，這個瘋狂的兔唇的醉漢就乖乖的被白梅帶到另一個小房間裡去了。

在這一場買賣的過程中，白梅在小房間裡除了聽雄獸急促的喘聲之外，還隱約的聽到從後房傳來的鞭笞聲和鶯鶯無助的呻吟。

將近一個小時，那個男人很滿足的走了。在外面還不時回頭看看那已經塵污了的紅漆字頻頻點頭。白梅昨天才燙做了的頭髮，已經蓬亂的像被頑童搗亂了的鳥窩。她蹲在水缸邊，一次又一次地換著牙膏沒命的刷著牙，這回刷了大概有十多分鐘，外面攬客的幾個姊妹都圍攏來：

「白梅，你想把牙齒刷掉嗎？」

白梅滿口含著牙膏沫，難受的說：

「那個兔唇的男人吻了我？」

姊妹們都哄笑起來了。

經過這一次，鶯鶯雖然挨了鴇母一頓鞭打，但是她還是很感激白梅替她解了免受兔唇的男人驚駭的圍。有一次的機會，鶯鶯從頭到尾哭著向白梅敘說了她的經過。白梅覺得鶯鶯的經過跟她很相像。她們倆就在這時候暗中結拜爲姊妹了。所以鶯鶯一直都叫她梅姊。從此，她們的生活過得很密，一有時間兩人就說話，在那說不盡的話中，有時也會閃現著希望，然後兩人就忘我的去捕捉。有一次就是她們兩個正捕捉著一線渺茫的希望時，同時走進來兩個客人，而這兩個客人正好看中她們倆。她們就各自帶著客人到只隔一層甘蔗板的房間裡。當她們同時在做買賣的時候，她們隔著甘蔗板還繼續剛才的談話。鶯鶯說：

「梅姊，你會做裁縫嗎？」

隔壁的梅姊就應聲說：

「有過學裁縫的年齡，但是就沒有機會學。」

「那你會不會養雞養鴨？我會……」鶯鶯興奮的說著。

「那有什麼困難，我想我會的。」

鶯鶯正想再說話的時候，突然聽到梅姊那邊清脆的響了一記耳光，接著那男人怒氣的說：

「要賺人家的錢專心一點怎麼樣！」

鶯鶯一直注意梅姊那邊的動靜，她聽到梅姊很爽朗的聲音說：

「對不起，對不起。好，我專心，我專心。」

鶯鶯聽到那男人亢奮的喘息，還聽到梅姊對他的誇獎說：

「嗯！你眞棒，你眞棒。」語句中夾著有意的浪笑。

鶯鶯心裡想，梅姊對這打人的人怎麼去專心呢？她眞想哭出來。這時重重地壓在她上面的男人講話了：

「你也想挨打嗎？像你這種貨色，以後倒貼我錢我都不幹！」但是他一面說著，卻一面猛力的，像是拼命要撈本錢那樣。

這兩個客人回去之後，她們在後面洗滌時，鶯鶯看到梅姊的左頰還紅紅地印著五隻指頭痕而哭起來：

「梅姊，都是我不好……。」

梅姊笑著說：「沒什麼，比這更糟的都遇到了，這不算什麼。」

「我很欽佩你，要是我……我辦不到。」

「辦不到？辦不到你要怎麼辦，」梅姊笑著：「要是我也像你這樣，我豈不枉費多長你八歲？再等八年以後，你像我現在這麼大了，那時你也……噢！不，八年以後，你已經回到你的鄉間養雞養鴨了。山下那一片你說的芭拉林，照樣結著果實，等你去摘。」

「那不是我們的，恐怕那個老伯已經不在了。」

「那麼他的兒子也一定和他一樣善良，你摘幾個自己吃，人家不會說你偷的。」

鶯鶯的臉上浮現出童稚般的光亮，但一下子就暗淡下來，她哭喪著臉說：

「我知道，再等八年以後，我仍然和現在一樣，你曾說過，命運是傲橫的，不是我們這樣的女人能去和他撒嬌的事。」

「不……」梅姊還來不及安慰鶯鶯，同時正苦於不知怎麼去否定以前自己的話的時候，外面老鴇嚴厲的叫聲已經傳進來了。

「你們兩個洗什麼東西洗那麼久！被水溺死了嗎？」

她們兩個趕緊套上外衣，略微整理一下頭髮，又站在門口，對著走過的男人，使著眼叫：「進來吧！我的先生不在家哪。」

鶯鶯畢竟是幼雛，她的情緒就沒有辦法截然地這樣改變。她可憐著梅姊，躲在門後偷偷的流淚。梅姊走到門後，輕輕的罵了一聲：「傻瓜。」

顯然的，鶯鶯在梅姊那裡學了不少。主要的是她已經有了適應這種生活的觀念。如果不是這樣，梅姊說這就是和自己做對！

有一天鶯鶯滿懷歡喜的，偷偷的告訴梅姊一件事：

「梅姊，我愛上了一個人了。」她有點驚訝。她不但沒預期的看梅姊臉上的喜悅，相反的卻看到她的冷淡。她補充著說：「是他先愛上我咧！現在他愛我愛得發狂呢！」鶯鶯是一個很傷感的女孩子。她預感到事情的可怕，地想哭。但是又哭不出來。

「是不是最近常來找你的那個充員兵？」冷冷的。

鶯鶯渴望著希望的眼睛朝著梅姊點頭。

梅姊被那乞憐的眼神感動著，她溫和的說：

「阿鶯，你應該相信我。好事情我一定成全你的。」

就這樣她們整夜沒睡的談著。梅姊分析這種愛情給她聽，也把過去自己類似的愛情悲劇吐露出來。結果兩個人擁抱著痛哭了一場，梅姊做爲結束的話是這樣的：

「在這種場合你千萬別動感情。」

雖然鶯鶯一時被說服了，但是梅姊仍然擔心，所以她有計劃的向鶯鶯說：

「幹我們這一行的要時常流動才行，在同一個地方浸久了，身價會低落，到時候就是跌落到二十塊錢也沒人要。要是你想永遠保持三十塊，那就必須到各地方流動流動。男人的心眼最壞了，他們好新。」

「你想離開？」鶯鶯不安的說。

「和你。」

「我？怎麼可能？」

「你不是說還差阿娘三千塊嗎？」

鶯鶯點點頭。

「我先借你，以後慢慢還我好了。」

她們不久就離開了桃園，到全省各地去幹活。起初，鶯鶯有時還會爲那初戀的感情的創傷而悲傷，梅姊就來安慰她說：

「阿鶯，我從來就沒聽過你唱歌，你也沒聽過我唱歌。但是我會唱一支歌。因爲太喜歡那一支歌了。」說著梅姊就唱起來了：

雨夜花，雨夜花
受風雨吹落地
無人看顧，冥日怨嗟
花謝落土不再回
雨夜花，雨夜花
……

「我聽過。」鷥鷥說。

「你有什麼感想？」

「好像很悲傷，但是你唱起來好像更悲傷。」

「阿鷥，我的眼淚在幾年前都流光了。我知道有眼淚流不出來是很痛苦的。現在你還有很多的眼淚。要是你覺得要哭而哭不出來的時候，你不妨唱唱這一支歌吧。這樣一定對你很有幫助。」

鷥鷥仍然沒能了解這個意思：

「什麼是雨夜花呢？」

「你。」

「我？」鶯鶯茫然的指著自己。

「我也是。」

鶯鶯安心多了。因爲和梅姊一樣的她總是情願。

「但是這怎麼說呢？」

「我們現在所處的這個環境不是很黑暗嗎？像風雨的黑夜，我們這樣的女人就像這雨夜中一朵脆弱的花，受風雨的摧殘，我們都離了枝，落了土了是不是？」

鶯鶯點著頭流著淚，開始死心於這種悲慘的宿命了。

她們倆相處了兩年多，鶯鶯被養父騙去，又被賣到另一個地方。她們就這樣被拆散，而失去了聯絡。

## 3 魯延

魯先生和鶯鶯在後頭找到了位子，嬰兒就留在梅姊這裡抱著。三個多月的嬰兒還不會認人。只要睡飽吃飽而且尿布是乾的，這樣就張開圓溜溜的眼睛看人。梅姊被小眼睛瞪得很歡喜。她哼啊呀啊地逗著嬰兒玩，嬰兒竟然咯咯的笑出聲來。這對於梅姊是新鮮的。她腦子裡想，老是哼啊呀啊也不行啊！不變化玩藝兒，嬰兒會感到厭倦罷。但是拿什麼和他玩呢？她心裡一邊急，一邊感到歉意。這時火車剛離開頭城站沿著海岸奔跑。看到海她高興的把嬰兒抱挺起來，兩人的臉就朝著海那一邊，她指著海說：

看哪！看哪！那就是海啊！

海水是鹹的哪！那裡面養著很多的魚。

有的像火車那麼大的。

也有像你的小拇指那麼小的。

哼啊呀啊！看哪！

那裡有船哪！

討海人坐在船上捉魚。

捉魚給我們的魯延吃。

魯延說青色的魚我不要。

討海人就去捉黃色的魚。

魯延說黃色的魚我不要。

討海人就去捉綠色的魚。

魯延說你們都笨蛋，我要花的魚。

……

她的聲音像歌那樣唱著，嬰兒看車窗外閃動的景物，高興的蹬著，口裡咿啞咿啞的和著叫。梅姊以爲是嬰兒喜歡她那樣的唱著，所以更有興趣的唱。她忘了四周，也忘了小嬰兒的程度，繼續著她臨時編出來的歌唱著：

討海人紅著臉向魯延說我捉不到花魚。

魯延說把船給我，我來捉又花又大的大花魚。

哼唷——哼唷——

……

魯延捉了滿載的花魚回來。

魯延叫討海人一個一個爬著來叩頭。

每一個討海人都重重的打他一下屁股。

討海人嗳唷嗳唷地叫，
魯延說笨蛋，你以後敢不敢欺負我的阿姨？
討海人說不敢了，不敢了。
哼啊——哼啊——
……
……

小嬰兒爲那吟哦的單調的旋律歡喜得蹬跳著。當火車快進山洞的時候，鶯鶯走過來笑著說：

「給阿姨撒尿了沒有？」

梅姊轉過臉讚嘆說：

「阿鶯，你看你的魯延。這孩子好精呀！好像我說的話他都聽得懂。」

「有人說做母親撒三年謊。你做人家的阿姨也要撒三年的謊？」鶯鶯笑著。「我們下一站就到了。」

梅姊把小孩遞還給鶯鶯之後，拿了兩張五十元鈔，塞進魯延的衣服裡面說：

「在車裡找不到紅紙，這是我要給魯延添弟弟的。一點點錢意思意思。」

鶯鶯硬不肯收，兩人在車上推拖了一陣。鶯鶯他們下車了。車開動了。梅姊探出頭叫了一聲，就把原先準備給嬰兒的紅包錢拋下去。

鶯鶯的手舉得高高的，很遠很遠了，那變小的手仍然因激動而揮動不停。再看不見什麼了。她把頭縮回來，欣慰的想：她畢竟拿了那給魯延的錢。另一方面，她對鶯鶯找到歸宿而高興。她不知覺的牽著袖口去拭掉滿眶的淚水。歡喜間腦海裡還可聞見鶯鶯的幸福的語句：魯少校的人相當聰明哪，他說我們的孩子要是男的就要叫魯延，生女的就叫魯緣。延就是延長的意思，表示他魯家有繼延了，有希望了。女孩的緣就是緣份的意思，紀念從大陸北方來的他，還有緣份和我結婚。從魯延出生以後，他酒也不喝，煙也不抽了。聽說他以前就是不愛講話，整天在台東的山間喝酒和抽煙咧……

無意之間，拿鶯鶯和自己對照起來，一股空虛逼著她，使她猛轉過頭凝望著窗外的天空出神。曾經也有人來提過親，養母也託媒去物色。但是他們不是牽牛車的，就是補破鍋的，並且這些人的年齡都相當大，養母費盡了口舌，最後直截了當的說：

「你又不想想看！你是什麼身分？人家不挑你就好囉！你還嫌棄什麼？……」

「又不是你們要結婚，你們急什麼？」

「女人總要有個歸宿啊！——你就是不該懂幾個字。」

「我猜透你們的心了。」有點無理的氣憤似的。

「你這話怎麼說？你這話怎麼說呀？」

白梅未開口，就哭出來了。

養母生氣的罵起來：

「你這爛貨不識抬舉，你還吵，吵什麼？」

白梅終於將內心裡淤積已久的話都傾出來了：

「是的，我是爛貨。十四年前被你們出賣的爛貨，想想看：那時候你們家裡八口人的生活是怎麼過的？現在是怎麼過的？你們想想看。現在你們有房子住了。裕成大學畢業了。結婚了。裕福讀高中了。阿惠嫁了。全家吃穿哪一樣跟不上人家？要不是我這爛貨，你們還有今天？」鼻涕眼淚和著這些話，使養母的銳氣大大的減殺了。

養母輕聲細說：

「好了好了，我們總想你好。」

白梅不可收拾的哭敘著：

「再看看我們生家，他們到今天還是那麼窮。你們把我看成什麼？爛貨，沒有這個

爛貨裕成有今天嗎？他們看不起我。逃避我。他們的小孩子就不讓我碰！裕福，阿惠都一樣，他們覺得我太丟他們的臉了，枉費！眞是枉費！」

「好了好了，阿梅你一向很乖的。你不要再說了，阿母都知道。」

「不！今天我一定要說個痛快。以前什麼時候你聽過我發出一句半話的怨言？你逼我就嫁，這還證明你有點良心，因爲你受良心的責備才會逼我就嫁。但是我已經不需要別人對我關心了，我對我自己另有打算。」

養母被這事實刺痛得哭泣起來：

「阿梅，這些阿母都知道，就是不知道要對你怎樣才好。我知道我們錯了，但是不知道錯在哪裡，從什麼時候開始這樣一直錯下來的！阿梅，你原諒阿母吧！——」

這個軟心腸的阿梅，抱著養母，反過來乞求養母對她剛才的話能夠原諒。

現在他們陳家，除了養母沒有一個人是白梅所能原諒的。突然，她竟想起需要一個孩子，像魯延那樣的一個孩子，只有自己的孩子的目光，對她才不會冷漠欺視。只有自己的孩子，才能讓她在這世上擁有一點什麼。只有自己的孩子，才能將希望寄託，她深遠的想著：

「我深信我可以做一個好母親。」

「但是結婚怎麼辦？」

「不，我絕不結婚。已經二十八了，又是幹這種生活的，有人要，那麼那個人一定是沒什麼出息的，或是歹人。」

「那麼小孩子的父親是誰？」

「嫖客裡面也有好人。」

「你要向他說你想和他生一個孩子嗎？」

「不，我要認清他的臉孔，認清他的聲音和樣子，這樣就好了。」

「那麼小孩子長大了問起父親的事怎麼辦？」

「我說你爸爸已經死了。他是一個很了不起的人，他希望他的兒子同他一樣，雖然他死了，他還是期待著你。」

「你的事呢？」

「噢！我可以不讓我的孩子知道我的一切。我會搬到很遠很遠，而且是完全陌生的一個地方去。」

「你有把握嗎？」

「從現在開始我盡我所能。」

「你眞的這麼需要一個孩子？」

「這就是我還要活下去的原因吧！」

「決定了？」

「決定了。」想到這裡她坐不住了，她站了起來又不想走動。所以又坐了下來，而那完全是另一種不是她坐過的新的姿勢，很溫和且嚴肅的那種樣子。鶯鶯的聲音又清清楚楚地在她耳膜裡浮現：魯延的延字就是代表有希望了。等她想再聽下去，但什麼都沒有了。火車輪壓著鐵軌跑的格答格答聲，就是那麼規律，那麼單調，那麼統一的一路麻醉著人的感覺。

## 4 埋

頭尾才三天不見的漁港，已經沸騰到最高潮的頂點了。山腰間的野花，根本就沒有時間套上外衣，穿襯衫的時間也是很短很短的，討海人一個接連著一個，他們也沒有時間挑選合他們意的身材的女人。這些討海人身上的腥味，已經比他們撈上來的鰹魚更濃更重。

有一個中年的討海人，一邊扣著腰帶，一邊打趣著說：

「他媽的，三天的時間鰹魚從一公斤八塊六跌到一塊九。你們這些女人還是老價錢三十塊？」

這些臨時搭起來的房子兩端，還有人正忙著構搭新的，娼寮頂上的路面運魚的鐵牛車和卡車急忙的穿梭著。但是到了這一排房子上，司機和車伕絕不會忘記猛按喇叭和向下面吹口哨，甚至也有叫嚷的。要是妓女們有時間的話，她們也不會輕易的放過他們。她們會叫著說：下來吧：不然澆你腳一桶水。有時候她們眞的就潑水上去。雖然潑上去的水離路面還有一段很長的距離，但是上下雙方面的人就這麼樂著。

一個陽光特別熱煮熟了這個年輕討海人的慾念的上升，照理說臨時的娼寮只有這個時間較爲清閒。

因爲他在那上面工作的船，昨夜撈獲了大量的鰹仔，回來時船身埋水過深，所以入澳肚進門樫那道礁間的深溝時，船底略微擦了傷。這對這位年輕的討海人來說，是一件幸災樂禍的事，幾天來連著不眠不休，實在再也熬不下去了。趁修補船底，在盛忙的日子裡，難得有兩天的休假。天一亮第一件事他就想起女人來了。雖然不算是一件尷尬的事，但是身體裡隱隱的漲著不安的內壓。他還記得他們每次出海，船頭沿著山丘要切入

澳口時，半山腰間就傳來鶯燕啼鳴的聲音，然而船上早就準備了滿船的那種情緒，到時亂喊亂鬧了一陣，於是沿途就談著女人，直到無人島的海面上，大公（船長）發出第一次準備捉魚的命令，這些討海人的腦子裡，一下子就把女人拋到很遠的地方，看他們作起業來的那種情形，好像這個世界不曾有過女人這種生物。這樣過了一段忙碌等船又滿載地掉轉頭朝漁港的那個瞬間，他們很自然的且那麼整齊的又談起女人來。年紀稍大一點的討海人，公然的挑起幾條肥大的雄鰹仔，剖開肚子，取出雄鰹仔才有的那副白色內臟，張開嘴和著血就呑進肚子裡去。沒有一個討海人不知道，這是最好的強精壯陽的辦法。所以看到坤成呑了兩副壯陽品的人就打趣著說：

「我看坤成仔嫂今晚可倒楣囉！」

「不，不，我要半山腰那些鶯鶯燕燕啼叫得更美妙。」

旁人笑是這麼笑，吃補品大家照樣吃。不過年輕的阿榕卻一個人在船尾，偷偷的剖了幾條母鰹，最後才發現了一條公的，他閉著眼強把補品呑了。等他難受得還沒睜眼之前，他已經聽到被同船的人圍起來，受四面八方的笑聲襲擊著，他慌張的睜開眼看著大家。大家你一句他一句的：「阿榕眞是寂寂三碗半的人哪！阿榕到底走哪一條路線？」

「阿榕哪！有什麼見不得人自己偷偷的在這裡吃補？他媽的，鰹仔的公母都還分不清，又在這麼暗的地方，你剛呑進去的恐怕是魚卵吧。」

「哇——那不有趣？那以後我們不必再爬半山腰去找女人啦，就在咱們船上找阿榕不是很好嘛！」同阿榕差不多年紀的一個人這麼開玩笑起來，而沒有一個不爲這一句笑話，逗得樂不可支。

阿榕的臉漲得通紅，一個箭步衝到那人的面前，一下子兩個人就扭成一團。當時有人趨前想把他們拉開，但是馬上又有人阻止著說：

「沒關係！自家狗咬無妨。」

「對，自家狗讓他們咬吧！不然精力那麼旺盛，船底都要被打洞了。」

所有的人圍了一個大圈，把他們倆圍在中間，做爲一種娛樂節目觀賞。如果看到阿榕被壓在底下了，旁邊的人就笑著說：阿榕剛才眞的呑錯了魚卵了。好一會兒阿榕翻上來了，旁人又說：不，不，阿榕是呑對了補品了。一邊說著一邊走過去糾正他們倆的姿勢，讓他們像在做愛那樣。其他人拍掌大笑。另外有一個傢伙，卻匆匆忙忙的跑去打了半臉盆的水和拿幾張衛生紙來擺在他們兩人的旁邊。這一著幾乎把這些去買過女人的老馬，笑得人仰馬翻起來。船有點顚。大公故做發號施令狀地喊：喂！把他們抬到中間一點。他媽的，船都斜了。大家搶著把仍舊扭成一團的他們倆，好好的抬起來不放。這

時，阿榕他們也笑起來了，這麼一笑，兩人一鬆手，上面的阿榕差一點就溜下來。這一場架也就由坤成仔的話做為結束。他說：

「好了好了，留一點氣力。你們不是都吃了補品嗎？」

傍晚，那是娼寮生意最旺的時候。當船來到那山腰下，剛剛進澳口船底擦到暗礁的餘悸，頓時飛掉了。他們渴望的抬頭望著那排娼寮，只見討海人一個一個穿進穿出之外，再也看不到半個妓女出來做態。這時距離他們最近的就是海水，再就是從娼寮拋下來的半壁的白色衛生紙團，在溫和的海邊風中簌簌地像滿開的百合花在顫動。

阿榕慫恿心裡的那股熟了的慾念，低著頭走進娼寮裡面，毫無意識挑選地見了白梅就要她。看他那種不很自然的表情，白梅就明白這個客人不會為難她。她很客氣的帶他到裡邊說：

「怎麼？這麼好天氣不出海？」

「船底破了。」他懶懶地。

「破了。」白梅眼睛睜得大大的問。

「是的，昨晚船底擦了礁。」

「人呢？」

「噢！人都好。」

白梅出去打水和拿紙進來。

「你很聰明，知道在這個時候來。」她說。

「爲什麼？」阿榕有點茫然。

白梅淡淡她笑了笑，覺得這年輕人傻得有點可愛。她心裡想：他一定是老實人，不會刁難人的。

「嗯——」停了停：「沒什麼。」

阿榕急著要做那件事。

「你是不是要趕時間？」

「沒有！我們的船要兩天才能修好。」

「你結婚了沒有？」

「還沒有。」他說：「要是我結婚了哪還要來這裡？」

「結婚就不會到外頭亂搞了？我才不信。你們男人啊都是狗肺。」白梅一直都在注意這位年輕的客官。那健壯的肌肉發達得很均勻。她想著他那有力的胳臂死勁的摟她而致使幾乎窒息的快感。她牽著他的手在她的身上撫摸起來。他很笨拙的撫摸，他聽過朋

友的話說妓女是沒有快感的。所以他想起來問她：

「人家說妓女這種生活幹久了，對這件事的感覺都麻痺了。那是眞的嗎？」

白梅對他這種蠢稚的問話心裡暗地裡喜歡。他可不就是我要借他生一個小孩的老實人嗎？她問：

「你問這個幹什麼？」

「我想，如果你們已經是沒有什麼感覺了，那麼所有的嫖客就變得很可笑。」他笑了。

「你笑什麼？你說嫖客都變成什麼？」

「你知道人工授精嗎？」

「聽說過。」

「我在家看過豬哥被誘精的情形。」他格格地笑：「獸醫把板凳用稻草綑起來，最後一層就包上麻袋布。包起來很像跳箱那種木馬的樣子。然後在一端塗上母豬的陰液，那豬哥被牽出來聞，豬哥聞了一陣，興奮的淌著口涎，就騎上去拼老命，哈哈——」他笑得更大聲。白梅也想起那可笑的樣子笑了起來。

「你侮辱我，你說我像一隻木馬。」白梅撒嬌著。

「我不是也笑我自己嗎？我像豬哥……」笑。

白梅注意到他那整齊潔白的牙齒，注意到他那清爽的目光。她看到他裡面的一片良善的心地。她告訴自己說就是要和這個人生一個小孩。這天正是她的受孕期，她決定事後不做避孕的安全措施了。想到這裡她心裡有點癢癢起來了。

「不！你笑我像一隻木馬。」

阿榕有點受不住這般的挑逗，他一直想爬起來。但是白梅希望他繼續撫摸。阿榕問：

「對了，你還沒有回答我的問題。對這種事有沒有感覺呢？」他的臉肌顯現那渴急的抽動，而本能的吞了一口口水。

「那要看對方是誰。」她自己也意外的感到自己的尷尬：「有了感情，我們照樣的會感動。」

「如果是我呢？」

「我不知道。」那聲音很低。她默默地望著他許久，仍然不讓他爬上來。她在腦子裡深深地刻記著阿榕。

她問：

「你住在哪裡？」

「我家在恆春。我家是種田的，但是我喜歡討海。」

「你叫什麼名字？」她動情的用著眼睛，用著聲音。

「吳田土。」

她聞著他的身體。他有點顫抖。她說：

「你只有腥味，一點田土味都沒有，你應該叫吳海水。」

他摟著她說：

「好！我就叫做吳海水。從現在起我不叫吳田土了。」

他很認真的使用著感情吻她，這時白梅眞覺得需要。她攀著他的肩膀，暗示他可以做了。他輕輕的說：

「板牆上有了幾個洞。」

「那不是都用紙團塞起來了嗎？」

「有的沒有。」

「沒人會看的，看了別人這樣是會倒楣。」

「你叫什麼？」

「白梅。」

「噢！白梅……。」他一時被莫名的幸福感動著。他在上面一直關心著她的感覺，一直問她怎麼樣怎麼樣。最後他看到她兩個眼窩裡蓄滿了眼淚。

他輕輕地翻下來，緊挨著她的身體躺著，且看白梅抽噎的樣子，他在心裡自責起來。因爲白梅太叫他滿足了，向來就沒有妓女使他這樣，一方面他覺得有點虧對她了。使她滿足吧！下次一定時間要長一點。

突然間板牆格格地有人敲響，接著就是阿娘的聲音：

「白梅，你怎麼了？」那語氣像很不耐煩的樣子。

阿榕小聲的問白梅：

「他在趕我們快一點是嗎？」

「不要管他。」然後稍微大聲的向外頭說：「客人還要繼續。」

阿榕聽了之後，慌張的說：

「我不，我……」

白梅向他使著眼睛。

阿娘又打門說：

「那麼你再給我一張牌子。」

「等一下給你。」白梅說。

「那怎麼行，等一下一忙我又忘了。」

「好吧！」說著，白梅在枕頭底下拿了一張馬糞紙剪的牌子，往門縫一塞說：

「哪！在這兒。」

阿娘從門縫拿走了紙牌。阿榕好奇的問：

「那是幹什麼的？」

「抽頭就憑紙牌算錢。」白梅把這事都丟開似的說：「你想急著回去嗎？」

「我很疲倦了，我不想再玩第二次。」其實阿榕身上只有五十元不夠他玩兩次。

「你陪我躺一下子好嗎？」

「我，」他結巴地：「我不能玩兩次。我，……」

白梅親密的摟住他說：

「抱著我。」很舒服地：「就這樣躺一會就好了。」

他傻傻的抱著白梅，腦裡反而清醒起來了。而這種清醒是整個心沉入無法判斷的情感裡面的愚昧。

這個時刻，對白梅來說是重大的，她希望能從現在就開始。無形之中，白梅覺得似乎眞的有個希望靜靜地潛入她的身體裡，而只有她感到那種微妙和艱鉅。她令阿榕害怕的倒在他的懷裡慟哭起來。白梅總希望把她微弱的希望不但已經埋在她的身體裡面。雖然也同樣的被埋在這個社會，被埋在傲橫的無比的養女到妓女的命運。但是還希望有那麼一天，她看到她的希望長了出來。

## 5 坑底

白梅目送著阿榕走下山坡之後，她照著以前自己的計劃匆匆忙忙地打點行李，並且向阿娘告辭。阿娘一時感到驚訝，一邊還以爲剛才得罪她。阿娘辯解著說：

「要是你怪我剛才給你要牌子那就錯了，那是我們這裡的規矩，你是這裡的大姊，比起她們你應該更懂得。」

「不是這個意思。」

「那我更不清楚你爲什麼要走。」

「沒爲什麼。」她心裡明白，要是她向阿娘或是別人說她要去孕育一個孩子，那不是變成笑話嗎？

「那就怪囉！」

「我要回去結婚。」她敷衍的說。

「我怎麼沒聽你說過？」阿娘問：「和誰？」

白梅只是笑著搖搖頭。

「就是剛才來的那個年輕人嗎？」

有什麼辦法？這樣追問著要一把話柄。白梅爲了盡早擺脫阿娘的盤問，只好又笑著默默地點頭。

「嘿！白梅你糊塗了？爲了你好我想勸告你……。」

不管阿娘費了多少口舌，白梅提著包袱走出門了。那些姊妹都出來門口，每個人都顯得很困惑地送她。阿娘在中間以嘲笑的口氣，大聲的說：

「你們看哪！我家的阿梅要去嫁尪了。」

白梅淚汪汪地抱著滿懷歡喜走下山坡，走向漁港的公路局巴士站，頭也不回，一秒都不停地向前走著，雖然她曾一直都在海邊，但是今天才頭一次眞正聽到海的聲音，一陣一陣像在沖刷她的心靈。不久，來了一班車就把白梅的過去，拋在飛揚著灰塵的車後了。

這天，當白梅回到仍舊叫她乳名梅子的生家的山路口，已經是傍晚時分。二十多年來，只有這些地方沒有變。小土地公廟仔還是在路口的九芎樹下，側旁的歇腳石的右面比早前光滑了。那附近敷毒瘡的鍋蓋草同樣的爬滿坡面。記得小時候下山買番仔油的角子就是落在這坡上，找了半天拔光了鍋蓋草還是不見角子，當時急得哭起來了。她躲在土地祠裡不敢回去，她知道一定會挨一頓痛打的。爲了避免痛打，她把油瓶摔在歇腳石，然後揀一塊破片，想將自己的腳底劃一道傷口讓它流血。這樣母親就不會打我了。母親一定會可憐我，本來手拿著瓶子皮望自己的腳掌一直缺乏勇氣而發抖的她。一想到母親看到她流血的傷口，會給她許多的痛惜時，勇氣突然來了，她不再覺得割傷自己是一件可怕和不幸的事，她想著母親替她洗腳，替她敷傷口，還替她難過的情形，心裡感激的快慰而溫暖起來，她一邊哭著一邊用瓶子皮狠狠地將腳底劃開了。血奔出來了。這一下子確實劃得過份。她安慰著自己，說傷口越嚴重越能得到母親的同情。其實她也懂得去抓一把田泥來敷傷口止血。但是爲了要得到更多的同情，寧願就這樣讓傷口血流得更多。她躲在土地祠裡等著家人來發現。然而，她等了幾個小時還不見有人下山來找她，天已經晚了，她心裡著實害怕，明就聽說過山路口鬼火的故事。後來越想越不對，想自己走回去也不行了。腳底的傷口確實太嚴重了。正在她絕望的時候，大哥找到她就背著她回去。沿路她描述她的經過給大哥知道。大哥也一路安慰著她。但是一進門，什麼事情都出她的意外。母親不但沒可憐她，還重重地痛打了她一番，連山芋的晚頓，她一條小山芋都吃不到。就在這事情的第三天，來了一個陌生人就把她帶走了，有一段時候，梅子一直以爲因丟了角子母親才不要她。同時還有一點不能了解的事，那就是她臨走的時候，母親還哭哭啼啼地吩咐了一大堆話：梅子，你八歲了，什麼事都懂了，你得乖哪！什麼都因爲我們窮，你記住這就好了，從今以後你不必再吃山芋了。什麼都該怪你父親早死……。那時對母親的氣憤還沒消，說走就跟人走了。

阿梅沿著梯田的石級爬了一段，再順著小山路走。她沿途拾著小時的記憶回家。在園裡工作的人，遠遠見了穿著這麼入時的女人走入山間，引得不管男女老幼都放下工具，挺直著腰注目過來。在山坡下蕃薯田那邊打赤膊的不就是福叔嗎？是！就是福叔。他的長短腳站起來還是老樣子。梅子揚手喊：

「福叔——，你在除蕃薯草嗎？」

福叔甚感意外地興奮了一陣，同時亦迷惑了一陣。

「噢！是啊——，你是誰哪？怎麼認識我呢？」從那邊傳過來的聲音，因喜悅而起伏地波顫著。

梅子有意要福叔快樂，便應答回去：

「山路口的土地祠就是你一個人蓋起來的。這誰不知道？」

「是啊——，是啊——，那是二十三年前的事了。等我這一季蕃薯賣了錢，我還想把它翻修一番咧！」福叔真的更樂起來了：「喂——，查某官，你來我們坑底找誰呀？」

「我就是閹雞松的小女兒啊——。」

「什麼？闊雞松的小女兒有這麼大了？那麼——，那麼你就是梅子嗎？」

「是的——，我就是梅子——。」

「哇——，不認得了，不認得了。閹雞松死了這麼多年了？」停了一停：「有，是有那麼久了，我蓋土地祠的第二年他死了。土地祠的三百六十個磚就是閹雞松替我挑擔的。」

互相沉默了一會兒。梅子說：

「等一下來我們家坐吧。」

「好好，你快點回去，你母親在等你。」

梅子沒走幾步，聽到後面有人跑步趕過來的腳步聲，等她轉過頭，一個十五六歲的

女孩子已經在她的身邊了。

「我阿爸叫我來幫你提大皮箱。」那女孩子說著就要接過皮箱。

「免了免了。」她回頭感激的看福叔，福叔在遠遠的園裡揚手表示：沒關係，讓小孩子拿了。梅子的皮箱已被女孩子搶過去扛在肩上。她們走著。

「你回來住幾天？」女孩子問。

「我不走了。」梅子安舒的說。

「不走了？」驚奇的：「爲什麼？」

「我想休息。」梅子平視著前方，像自言自語地說。

小徑在山腰間伸延著，上下兩邊不是蕃薯田就是相思林。一群六、七、八歲的村童，在上側的林間，始終保持七、八尺遠的距離，好奇的跟著梅子跑。一會兒跑，一會兒停的笑著什麼。梅子看到其中有一個抱著鳥窩的男孩，她覺得很像誰。她問那孩子：

「你是不是阿嬌的小孩？」

那小孩愣了一下。其他的小孩子笑著說，是啦，是啦。還有這個也是。本來參與在笑的一個小女孩，被其他人推出來時，她的笑容亦被駭跑了。

「阿嬌幾個小孩了？」

剛才那個男孩伸出六隻手指頭來。

梅子又在另一個男孩子的臉上看到他的父親的影子。她接著說：

「你是不是阿木的孩子？」

那孩子害羞的藏起來。其他的孩子又笑了。

「呀？奇怪，你怎麼知道？眞好玩。」有一個小孩這麼說。

「好！我再來猜。」梅子一個一個看著小孩子的臉。小孩子一個一個掩著臉，笑著再往前跑了一段路。看到這群活潑的小孩子，梅子馬上就聯想到自己也要有孩子了。但是，使她憂心的是，是不是這樣就已經在她的身體裡面形成了？不能失敗啊！不然什麼都要從頭做起，神明啊！註生娘娘啊！您要保佑。

梅子的母親突然在路上出現了。

「阿母——」梅子再也說不出話來了，

「福叔的孩子跑來告訴我，說你回來了。」

母親亦沒有停下來等。她走下來，梅子走上去，然後兩個人再並著肩走。

「準備住幾天？」

「我不走了。」

「不走？」母親覺得意外：「那怎麼行？」

「我不管。」

兩人沉默地走了一會兒。

「家裡最近怎麼樣？」梅子問。

「那都要看這一季的蕃薯了。」

「大哥的腿呢？」

「還是要看這一季的蕃薯才能鋸掉。」冷冷地。

「鋸掉？」梅子嚇了一跳。

「醫生說不鋸掉的話，活不久。前天抬出去，昨天又抬回來。」

梅子還記得大哥那時背她上山的腿倒蠻矯健的。

「你不會住下來的。他的七個小孩子吵死了。」

「阿母，我有一些錢，明早就帶大哥下山吧！」

這時母親才流著淚說：

「梅子，並不是我不愛你大哥，人說虎怎麼兇殘也不吃自己的兒子。我看他是沒有救了，醫生也不敢擔保。你說救他一個倒不如救他七個孩子。」

「阿母，我們還是試試看。」

「你不要天眞，明年官廳就要收回所有我們坑底人種蕃薯的林班地了。那時候看我們還能變出什麼辦法？」

「收回林班地幹什麼？」

「土地是官廳的，官廳要長草就讓它長草。」

一直默默地扛著皮箱跟在後頭的，那個福叔的女兒，突然很樂觀的插了一句話說：「聽他們說省議員已經替我們提出陳情了。」她們母女兩同時回轉過頭來。看到低著頭扛箱的女孩，她們的感覺和臉上的表情是極端的不同。

前頭爬滿了貼壁蓮的石頭牆就是梅子的生家。一隻黑狗遠遠的兇猛地吠著衝過來。

「黑耳，你發瘋了，梅子也是咱們自己人哪！」經母親這麼一說，這隻黑狗竟變得溫順，輕輕的走到梅子身邊搖著尾嗅她。母親又說：「這隻狗很有趣。去年一來到咱們家就賴著不走，有時沒讓牠吃東西，牠還是乖乖的。牠自己會去捉野鼠。捉多了我們就幫牠吃，那些野鼠比我們人有得吃。每一隻都肥得很，差不多都是一斤多重的，有時黑耳還會咬到野兔呢！」

黑耳好像知道主人在稱讚牠。牠趕快跑過來主人這一邊，用牠的身體，很親熱的擦著主人的腳。

「討厭的傢伙，還不走開。等一下踩到你的腳才叫那就遲囉。」

黑耳輕巧的一躍，自己就領先帶著他們穿進石頭牆了。

第二天，漁港這邊，那個叫阿榕的討海人，差不多和昨天同一個時間，他帶了五條肥大的鰹魚，到娼寮去找白梅。同時也要告訴白梅，說他們的船修補好了，他得再回到船上工作。但是，很出他的意料，他撲空了。

「她不在了。」鴇母說。

「她昨天才在這裡。」

「她說要去和你結婚。」笑著問：「你們結婚了？」

「不要再開玩笑，白梅哪裡去了？」焦急地。

「我問你。」

「她家在哪裡！」

「我也問你。」

阿榕渴望的掃視著裡面，掃視著其他的妓女。他轉頭走了。

「怎麼？不玩玩就走？留著吧。我找一隻嫩雞給你吃吃。這麼年輕不應該找老的啊！」那個老鴇說。

阿榕失望的走了，手上那一串魚從他的手上滑下來。他看都不看地走了。老鴇看了這情形就喊著說：

「小雀，快點出去揀那一串魚回來。我們中午有魚吃了。」

## 6　十個月

梅子回到坑底的生家，第一件事，決定準備替大哥鋸掉那條爛腿。

在一串均勻的呻吟中，突然哀叫出來：

「阿池——，阿池——，行行好吧。快來趕掉阿爸腿上的蒼蠅吧。阿池你不要離開。阿池——……」

梅子趕快趕到大哥的房裡，替他趕掉密集在爛腿上吸吮膿汁的蒼蠅。她再勸大哥說：

「你應該聽話了，命是你的，你自己不知道寶惜，別人是沒有辦法啊！」

「阿池這孩子變了，這孩子討厭我了。」他哭泣地說：「我知道，家裡的人都討厭

我，他們常常在背後說我，我知道。」

「你這未免太冤枉人了。你知道阿母為你流了多少淚，大嫂簡直就不像是女人了，你所有的工作都落在她身上，那為的是什麼？」

「阿池呢？我要他來替我趕蒼蠅。」

「只有四歲的小孩子懂什麼？我看他在地上睡著了，剛剛才抱他上床的。你！」

「唷！蒼蠅！」大哥痛苦的叫起來。

梅子一邊趕著蒼蠅一邊說：

「你還是聽我的話，反正你已經殘缺一條腿了就下決心把死腿去掉，不然你不久就會死掉。」

「我現在只求蒼蠅不要來折磨我，能好好的死了我倒不怕。」他想了想：「我大概熬不到這一季蕃薯的收成吧。」

「錢的事情你不用管。」

「不，不，我絕不能再拖累你這個妹妹。」他慚愧地：「從父親死後，我應該為你安排好生活的，但是誰都一樣。我是沒有希望了。你能原諒這個無用的大哥？」

「沒有人做錯什麼。我們不再談這些事了。」

「唷！要命的蒼蠅！」梅子因爲用心談話，一時忘了揮動手趕蒼蠅。而使大哥突然痛叫了起來。

「決定了。明天送你到醫院去。」梅子肯定的說。

「不，不，我活著還有什麼用？」

「你忘了？你的手藝不是很好嗎？你不是可以用竹子做椅子，做畚箕，做篩子，做很多很多東西？」

「是的，那都是最簡單不過的事。」他的眼睛亮起來了：「梅子，現在叫你大嫂在溪邊種麻竹還來得及哪，清明前種竹子最好了，明年這些竹子就是好材料。」

回到坑底的第一個月，是梅子對什麼都開始有信心的時候，大哥不但接受她的勸告去鋸掉腿。並且病況非常進步，其中最令她禁不住喜悅，那就是經期的時候，月事沒來了。經城裡的兩家醫院的檢查，醫生都說很可能懷孕了。有一個醫生推算，如果這次算懷孕的話，明年的正月就是順月。

五月的陽光並沒有落掉坑底這個角落。

一天清晨，由坑底一個叫木仔叔的中年人，從城裡帶回來一項消息，使得整個坑底都翻了起來。木仔叔手裡握著一份報紙，像瘋了似的興奮的飛奔上來，每碰到他的人，

馬上就被傳染上那份瘋狂，在坑底跑來跑去。

木仔叔站在幾個還沒獲得消息的村人的中間，大聲的說：

「官廳明年不但不收回山坡地，反而把這些土地都要放領給我們咧！」

其中有人懷疑的問：

「誰說的？」

「報紙上賣的！」木仔叔將城裡的那家雜貨店老闆告訴他，並替他用紅筆把那條新聞的標題圈出來的報紙，拿給他們看。他用力的指著紅圈裡面的字。

圍著木仔叔的人，認眞的瞪著紅圈內的黑字，然後有一個人抬起頭來說：

「那麼那是眞的囉?!」

其他的人也紛紛抬起頭說：那是眞的啦，那是眞的啦！其實這裡面沒有一個人識字。

阿母在蕃薯田聽到這個消息之後，放下耙子直奔到家，拉著梅子說：

「梅子，我們不同了，我帶你去看看我們的土地。」

梅子一時感到很茫然。但經過她母親的解釋之後，她才明白過來。

阿母帶著梅子翻了山嶺去看坡地的蕃薯田。

「看哪！從那崙頭到這邊谷底都是我們的哪！」

她們又走到另一塊斜坡地。

「梅子，現在你踏的就是我們的地，你總想不到吧。直到底下都是。一枝草一點露，一點也不錯，誰會餓死誰會富，這都是注定著的。」

在回家的途中，母親突然沉默了一陣，然後說：

「以前我們愁沒有錢沒有地，現在有了地，問題又來了。」

梅子略微體會出這句話的意思，但她不敢去料想，她沉默著。

「梅子，你不覺得我們有了這些地之後，還要有一個男人。」母親看看沉思著的梅子：「何況你又是年輕。」

果然不出她所料，母親終於講出來了。梅子想了想，她認爲她的意願也可以趁機會說出來了。

「你的意思我明白了。但是這一次我回來，我是有我的一套計劃的。」她很平靜的說：「我已經有身了，我準備在這平靜的地方，將這孩子生出來。」

「那男人是誰？」

「那不重要。我是借著他給我孩子，我需要自己有一個孩子。」

「你怎麼突然糊塗起來呢？沒有和人結婚就大了肚子，這叫我怎麼向村人解釋？」

「還有什麼事比當妓女更不名譽？只要對人家好，當什麼都沒有關係。」

「我眞想不通，你要孩子你大哥多得養不起，我看阿池就是一個好孩子。」

「不，我主張小孩，不要和父母分離，或者打亂他們的心。雖然阿池可以讓我做兒子，但是他的心肝就被擾亂了。」梅子看到母親那副嚴肅的樣子：「阿母，我並不是怪你們以前對我怎麼樣。」

「好吧！」這個老母先做了讓步，一方面努力於改變自己的想法，去將就梅子。她想：梅子一回來已經使家裡改善了許多了，我還能向她要求什麼？她想著想著：

「梅子，你不但帶給咱們家好運，整個坑底的運氣也是你帶來的啊！」老母親快樂起來了。

幾天後，整個坑底人都認爲梅子的回來是一個好吉兆，山坡地放領的運氣就是梅子帶來的。同時梅子對家裡的負責和孝行，再加上對村人的熱誠，她在坑底很受敬重。

六月是土地向勞力還債的時候。

坑底的土開始被翻動了，一條一條碩大的蕃薯，叫人見了就歡喜起來。

村人先將板車抬到山路口，然後再挑擔蕃薯和豬菜裝上板車。他們一大早就成隊，把蕃薯運到二十公里外的城裡。

梅子家雖然沒有男人，但是大嫂和三個較大的孩子，他們都打上男人穿的草鞋，同樣的也參加了運蕃薯的車隊裡面。

這天回來，每一家的板車上排著的鹹魚，多多少少都誘走了城裡的蒼蠅到坑底來。

「他媽的，拿鋤頭的眞不値錢哪！種得半死，一百斤蕃薯才四十八塊。」

「可不是！」

「不過我們的勞力太多了。」

「你看嘛！兩條鹹魚十六塊。十六塊錢可以買我們的一大堆蕃薯咧！」

回來的空車隊，有的並排著走回來而這樣埋怨著。到了山路口，大家都在那裡歇腳，抽煙、飲谷水。

「梅子，坑底這麼苦你還想住下來嗎？」福叔問。

「不！我覺得很好。」梅子說。

但是，所有在土地祠附近歇腳的村人都注意過來了。

「你不會覺得貧窮是一件好玩的事吧！」福叔嚴肅起來了：「你想想著，一百斤蕃薯四十八塊這不是好玩的吧？」

梅子根本就沒想到，由剛才福叔的那句平凡的閒話，會掉進一個這麼深淵的問題裡面去，她有點害怕。不過這天她跟大嫂他們到城裡去趕集，回來倒也想了這個問題，終於梅子將自己羞於發表的看法，幾乎等於被逼出來了。

「一百斤蕃薯四十八塊，這價錢好像我們自己向人要的。」梅子說。離開遠一點的人都攏過來了。

梅子接著說：

「今早坑底出去的二十幾輛板車，大概有一兩萬斤的蕃薯出市吧？」

「不只！有三萬多斤！」當中有人這麼答。

「對了，三萬多斤。你們看，整個媽祖廟口的蕃薯市場，我們坑底的蕃薯就佔有七成以上。」梅子覺得有點困難，她很怕不能完全表達內心的意思。但又看到周圍專神期待結論的眼睛，她焦急地說：「我的意思是說，我們每天有這麼多的蕃薯能分成三天或四天運出去的話，可能價錢會提高一點。」她趕快聲明著：「我不知道，這是我一時的想法。」

很出乎梅子的料想，村人從梅子的話得到了啓示，既是就在山路口的土地祠前，大家得到了協議，將每日三萬多斤的蕃薯分成三批，輪流運出去趕集。

果然，他們隔天就發現了效果。每一百台斤的蕃薯，已經多漲了二十四塊錢了。

七月有時只是屬於某一個人的。

事情就這麼確定了。早晨，梅子一起身就在後院吐起來了。母親輕輕的從背後走過來，在她的背上輕輕的拍著：

「那是眞的了！那是眞的了！」母親的聲音有點激動，但也有點猶豫。

梅子滿含著欣慰的熱淚，慢慢的轉向母親說：

「我想已經確定了。」

「是的！已經確定了。」

梅子的臉上，綻開了一朵含羞的笑容說：

「阿母，我突然很想吃到醃蘿蔔。」

「醃蘿蔔？」老母親翻翻眼睛：「啊！看看你的運氣，去年的還有一瓶，不知道霉了沒有？沒關係，瓶底總有幾條能吃的吧！」說了就忙著走開。

這個老母親在一堆舊瓶子裡翻來翻去，一瓶一瓶地打開栓子聞聞，再拿起來照照。她心裡急得很。

「阿母，你找什麼哪？」大媳婦問。

「我們去年剩下來的一瓶醃蘿蔔呢？」

「醃蘿蔔？」大媳婦被問得發傻了。

「梅子害喜了。」

「什麼？梅子害喜了？」

梅子在背地裡聽到，瓶子碰瓶子的清脆聲，全身就被燙溫暖似的感覺。

八月、九月和十月在他們的記憶裡，像一隻貓那樣的走掉。十一月是有潔癖的。

每年這個月份，總不失信帶大量雨水，來洗刷坑底。首先，山雨連綿的下著。到了中旬風也夾進來了。坑底人留在家裡不能出去工作。幾乎所有坑底的女人都在這同一個時候開始懷孕了。梅子大哥的腿的鋸口好了很多，大嫂也就有了身孕。然而，她的內心卻後悔萬分。

梅子的肚子已經挺得有點不方便。她小心翼翼的照顧著肚子裡的那塊希望。順月所要用的東西，嬰兒的衣服都準備了。母親早就替她養了十二隻雞。等梅子月內時正補得著。

一夜，雨加大了，風也增強了。坑底整夜都在暴風雨的夜中顫抖。

「再這樣下去，我們的土磚牆可受不了了。」大哥似乎預感到什麼的說。

「這樣子好了，我們都到八仙桌下躲起來。」大嫂很冷靜的說著。

但是老母親卻天啊地啊的呼喊起來。

等他們一家十一個人都擠在桌下，一聲轟隆，後面的牆就坍倒了。竹子和茅草的屋頂也就跟著斜插下來。

梅子忍著淚，安慰哀號的老母說：

「我們不能再怪天了！我們總算是不幸中之大幸了。剛才我們要是退了一步離開後間，我看我們都被活埋了。」

一夜之間，不只梅子家，整個坑底都被洗得乾乾淨淨了。

梅子不像其他人那麼埋怨災難。她感激著能保有平安的身軀，仍然平安的孕育著她的唯一的希望。

十二月脫去以往的黑紗露出笑容走來了。

坑底人覺得他們的生活像是在補老屋頂那樣，好容易抓到這邊的漏，補了這邊的漏，接著那邊又有漏，找了半天漏，好容易才找到了漏，補了那邊的漏，別地方又開始漏了。這叫他們放下來也不是，認眞也不得，可眞難爲了他們。

十一月的山雨過後，陽光懶散地露出臉來，看著他們收拾災後，土磚牆坍倒的十多戶人家，他們在崙腰合作起來，在那裡有的切稻草和泥，有的牽牛在泥堆打轉稻泥，有的翻拌，有的鑄磚。十多天來崙腰是坑底最熱鬧的地方。

「這種軟日頭和北風是做土磚最好的日子。做出來的土磚不會有裂痕。」在那裡的大人這樣告訴著小孩子。

在旁有人打趣說：

「不過最好是不要有做土磚的事情。」

「那當然，除非是要蓋房子，要不然我們不希望有做土磚的工作。」

在談話中，話轉啊轉地轉到閹雞嬸的身上來了。

「閹雞嬸，梅子肚子那麼大了，到底什麼時候給人吃麻油雞。」木仔叔問。

在旁的人也紛紛關心起來：

「是啊！什麼時候？」

「快了吧。」

梅子的母親聽到村人這麼關心梅子，心裡十分高興。本來她有點替梅子擔心受村人的嘲笑呢。

「落咱們入十二月。」閹雞嬸說。

「唷！那就到了嘛！」

「這個女孩子很乖，應該保佑她生一個男的。」一個年老一點的人說。

「是的，那是我長眼睛僅見的一個好女孩子。」

「哪裡的話，是你們這些長輩不甘嫌她。」梅子的母親暗暗在心裡歡喜。

「說實在，我們讚美都來不及呢。」

「我猜她會生男的。看她的肚子好尖哪。」有一個女人這麼說。

「該賞她一個男的才公道。」

「爲什麼肚子尖就會生男的呢？」一個正牽著牛在泥堆打轉的十二三歲的男孩問著。

「小孩子和人插嘴問什麼生子的事，你懂得把牛牽牢就是了。」小孩的父親在輕鬆的語氣中帶有點教訓。

在和樂的笑聲中，閹雞嬸還聽到有人說：「閹雞嬸好福氣啊。」這一趟她多挑了兩塊土磚回去。可是心裡的歡暢仍然令她感到整個人飄浮起來。

「阿母，你該少挑幾塊啊！年老了腰是閃不得啊！」梅子一見她母親，足足挑了八塊土磚，心裡有點放心不下。

「梅子啊！整個坑底人都要你生一個男的哪！」老母親放下擔子，汗都來不及擦又說：「爭氣哪！」

梅子苦笑了一下。她心裡何嘗不想抱個男孩。但是求誰呢？她只有盡力安慰著自己，到時侯再想別的了。

「我想我一定會生一個男孩。這孩子在肚子裡動得好厲害。現在左右兩邊都會動了。並且動起來可真像男孩子啊。」突然她停下來，感覺肚子又起了一陣鼓動：「阿母，你的手快點過來，就是這裡。」

梅子的母親一手按住梅子的肚子，眼睛翻起來凝注精神，像是在偷聽隔房人家的動靜。半晌，嘴巴略張開，翻起來的眼睛的黑球，一下子跑過來左邊，又凝了半晌，然後才說話：

「哇！這孩子可野哪！不是男孩子哪來這股野勁？」

梅子從頭到尾看著母親的臉，而被那臉上的表情帶引到一個無處可退的絕境似的，滿臉渴望的只能問或性的說對不對對不對？……

「一定是男的啦！梅子。」

「應該是男的吧，應該是男的吧！」

「一定是男的，我以前生你的四個哥哥都是這樣。」

「生我的時候呢？」梅子問：

「你和你姊姊在肚子裡的時候，我覺得像生了一塊靜瘤在那裡。那時候我就知道生出來必定是女的。果然不錯就生了你們姊妹。」

「那麼說，我是會生男的囉?!」

「唉！你緊張什麼？生男就生男，難道還會跑掉？」老母親樂觀的話，給梅子很大的信心。「梅子啊！你快到屋裡去，當心感冒。土磚一定積起來了，我得趕快去。」說著，她又挑起空擔走了。但是她心裡明白，梅子能生男不能生男，那是不可能預卜的。其實生梅子的時候，梅子在肚子裡就動得很厲害。她想了想，她生六個孩子裡面，梅子動的野勁最大。有什麼辦法？我是無心騙梅子啊！她回頭看看，梅子已經很聽話的不在外面，那裡只有一堆濕濕的柴，和部份的土磚。她有點撐不住什麼的，也許洩點氣好

些，腿軟起來了，踩著泥路像踩著自己那樣。前面是兩座山銜接的地方，中間是很大很大的谷口，向谷口望去什麼都沒有，不過很深遠很深遠的有著什麼似的，在天空一直往後延，延到那麼一點的地方吧。梅子的母親凝望著那裡，突然覺得谷口更亮了。她像來到神的殿堂前，抖擻著心靈，很虔誠的以一種乞求的聲音訴願：

「神明啊！給梅子一個男孩吧。」

正月人們都說是一個開始。

使城裡的人萎縮在爐邊或是被窩裡的落山風，就是從坑底的屋脊滑下來，再出谷口攢到城裡的，要是城裡人敏感一點的話，他們可能從落山風裡面，觸覺到坑底人被颳走的體溫，整個坑底就像冰窟。

梅子的腰並不是爲了冷風的侵襲而酸痛，她知道這是肚子裡面的嬰兒已經在開始落蒂了，心裡的感覺眞是憂喜參半。

「梅子，有你這孩子我不敢替你接生。」老母親這麼說。

梅子聽了這句話，心裡暗暗的高興。她很早以前就擔心著這件事，一直不敢說出口來。她想，坑底的女人都是在自己家生小孩，到時候怎麼說呢？現在她不愁了。她告訴母親說：

「阿母，天氣這麼冷，我想到城裡去生比較好些。」

「我也是這麼想。」

就在當天晚上，梅子的肚子絞痛起來了。大哥早就替她裝了一頂轎子等她用，村人一聽說梅子要進城生小孩，一下子就有好幾個人來幫她抬轎。

半夜裡冷風扣得很緊，三四朵火把的火焰被壓得倒在一邊，有時比紙蕊還低，黑耳當先開路，一會兒前，一會兒後的跑著。

大哥撐著拐杖，站在風中，目送著黑夜中的火炬，直到很小，一直到看不見。然而，一種直覺使他感到情景的嚴肅和隆重，不由得竟從骨子裡發寒起來。

梅子到了城裡的產科醫院，每二十分鐘間隔一次的陣痛，已經急促到每隔五分鐘就陣痛，醫生說快了。護士來打了一針催生劑說：大概再過半小時，這一針打完不久，陣痛的情形起伏而連綿不停。被攙扶到產台的梅子，額頭凝聚大顆的汗粒，忍耐著造物授母性給女人的原始儀式。但是心裡卻爲這激痛的實在感慰藉，痛得越是厲害，越讓她感到她的希望不曾是妄想，而是一件就要實現的事了。

醫生要梅子的雙手握緊產台兩邊的把手，同時在肚尾用力擠壓，醫生在旁指導著

她，說這樣不對，這樣對她鼓勵著說：你做得很好，就這樣再用力，一直到小孩子生出來。羊水早已破了，這樣過了三個小時天也亮了，小孩還不見生出來，梅子顯得十分疲倦，醫生心裡暗暗的吃驚，照這樣的情形，照理應該產出來了，無論如何梅子一直做得很好。醫生知道，她是比任何產婦更能忍痛，更用盡力氣的。恐怕是臍帶纏到小孩子的脖子吧？醫生這樣想。

因爲這裡是小醫院，產台只有一個。所以有別的產婦急著來生產的時候，梅子被扶到另一個房去。這樣子別人已經有兩人產了小孩子，只梅子還是停留在用力擠壓肚尾的階段。

聽到別人家的新生嬰兒在隔間的啼哭，梅子想像到一個全身通紅的嬰兒，她知道她也將有一個。但是萬萬沒料到竟是這樣困難的事，她躺在產台又盡力使勁的行壓，欲想把嬰兒產出來。醫生看著她的體力，覺得催陣還可以讓它綿密，於是再三的打了催生劑，一陣一陣撕裂般的疼痛遂使梅子用力啊——啊——地掙扎著。

醫生說：「對對，你做得很好，就這樣，不要停，再用力。」

每次梅子感到乏力和失望的時候，只要醫生這麼說，從她整個都癱軟下來的身體，就充滿氣力，一次一次再一次的試著使力，有醫生在旁她就有信心。

醫生的額頭也在發汗了，他走到玻璃櫥前，望著裡面排得很整齊的手術器材發愣。他猶豫著，他內心欽佩這個產婦，從頭到尾都是那麼聽話，那麼認真，每一陣的催陣都將痛苦化成力量在那裡掙扎。她還有意志和力量的，等她這些都使盡了再看看。醫生離開玻璃櫥，看看壁上的掛鐘，搖著頭記住已經拖了六個小時了。

「好心的醫生，請幫忙，我一定要這個孩子。」梅子以微弱的聲音乞求著。

「你放心好了，這孩子早就是你的了。」強裝笑臉。

「我要活的，我一定要活的。」

「當然是活的。」醫生握著她的脈：「你覺得怎麼樣？」

「關心我的孩子吧！」

「沒有你怎麼會有你的孩子呢？你覺得頭怎麼樣？」

「很清醒吧！」

「好吧！」醫生又吩咐護士打了一針催生劑。

梅子又被一段很長而綿密的陣痛所折磨，而她一次都不浪費的將痛苦的掙扎化成力量。她全身濕得像從河裡撈起來。看那樣子，比剛才虛弱多了。那種虛弱而清醒的樣子，有點令人害怕，老母親從頭到尾陪在身邊心痛得不斷流淚。

「阿母，你爲什麼哭？是不是已經知道沒什麼希望了？」梅子問。

老母親只能搖搖頭，什麼話都說不出來。

「醫生呢？」梅子急著問。

醫生重新堆著滿臉的笑容走進產房，他又替她打了一針藥說：

「時候已經到了，你剛才所做的對現在很有幫助，你再用力擠就行了。」

疏落下來的陣痛激增起來，梅子仍然用著力使勁擠，但是一次一次顯得沒力氣了。

「你知道，嬰兒該出來的時候，不能出來也是很苦的，他也很想出來啊！但是誰都幫不了忙，只有靠母親了。來！用力。」

「咿——」梅子在用力。

「對，再來。」醫生鼓勵著。

「咿——」

「很好，快了。」

「梅子，……」老母親也急著想鼓勵女兒，但她一開口說話就會變成哭泣，她把嘴閉起來。

「啊！我們看到嬰兒的頭了。」

「咿──」這一氣梅子特別用力的久。

「再用力些，我們看到頭了。嬰兒在說媽媽再用力呢，再用力。」醫生和著梅子：「咿──對對。」醫生的心裡很難過，根本就還不見小孩的頭，羊水已經流光了，所剩的時間不多了。「咿──」

她盡力的做著，現在她像一頭馱著笨重荷物的象，就在她向前走一步就能勾到的地方，有一串香蕉，她肚子很餓，她向前走一步想勾到食物，但食物也跟著向前一步，她連續的追著這一串香蕉，香蕉始終和她保持那一步距離，後來她明白這是一套奸計，然而她更努力的追著，她想她的意志和傻勁必定會獲得同情吧。梅子努力著，已經變得那麼微弱，她還是不放棄希望。最後那種用力擠壓的動作變成象徵性了，她就漸入昏迷。

眼前一片花園，梅子茫然的走進去。有一個人大概是園丁吧，他嚴厲的說梅子不該隨便闖進來。

「我曾經在這裡種過花。」

「什麼花？」

「我說不出。」

「什麼樣子的？」

「就是那樣。」

「什麼樣？」

「我說不出。」

「你是說菊花嗎？」

「不是！」

「玫瑰？」

「不是！」

「那麼我們這裡沒有你說的那種花。」

「有！我曾經在這裡種過。」

「我沒有印象。」

梅子大聲的叫起來：

「我不管——。」

醫生握著脈，數著脈搏，又打了一針，他向梅子的母親說：

「我們再也顧不到小孩了，大人要緊。」

「醫生——你不知道，這孩子是她的生命。」

醫生了解到這並不是普通的意思。

「我當然盡我的能力。」

醫生和護士都帶起口罩和橡皮手套來了。金屬物偶爾相碰的聲音撕著產房的靜寂。梅子昏迷中感到另一種新的劇痛刺激著她。她醒過來了，在心理上像小和尚在誦經中打了瞌睡醒了過來那樣，慌張的又裝唸經的樣子，她愧歉著。她又用力擠壓起來：咿——

「對對，好極了。」醫生已經將夾子夾住嬰兒的頭，等梅子再用一下力，才要把嬰兒拖出來，好讓梅子高興，讓她覺得她並沒有白費力氣。

「咿——」

醫生順手一拖：

「哇——生出來了，生出來了。是一個男的！」

老母親和護士也像放下一塊大石似的叫起來。

梅子肚子一下被拉出一塊東西的感覺是凝聚在沒有情緒的狀態，接著嬰兒哇地叫了，這時的梅子才感到她過去的一切都眞正的過去了，她非常的冷靜，老母親卻歡喜的哭出聲來。產房的門開了，門外站著才鋸掉腿的大哥和大嫂還有他們的孩子們。

## 7 看海的日子

幾乎同孩子一起誕生出的一個意願，一直在心裡鼓動著梅子，而這意願卻專橫的不允許她做最簡單的說明。雖然，這是她自己的意願。但是，在她的心裡面始終站在另一極端的位置，而不怕被孤立。她心裡如此的掙扎著：

「走！抱著小孩到漁港去。」

「魚群還沒有來呀。」

「我知道。」

「那麼不可能遇到他，這孩子的父親。」

「我知道，這不是我主要的目的。」

「那爲什麼！」

「我不知道，也許可以遇見他。」

「遇見他怎麼辦？」

「我會告訴他這孩子是他的。」

「想去依賴他？」

「絕不！」

「那是爲什麼？」

「我明知道他現在不會在漁港，因爲魚群還沒有來。現在他可能在恆春。」

「那麼你去漁港有什麼目的？」

「沒什麼，我知道我不會遇見他，但我必須去一趟。」

「——」

「我也不明白，所以我不能說明那一點意願是什麼？」

從有了這個意願開始，梅子始終不能叫自己明白。她只知道這是急切的。現在她的健康已算恢復了，這個意願在內心撞擊得更強烈。

梅子抱著她的孩子，買了一張往漁港的車票，和一群人擠車。火車來了，車廂裡面沒有一個位子是空的。但是她只要能登上車，握一張往漁港的車票，她心裡就高興了。正在她想找一個角落偎依時，在她的面前同時有兩個人站起來要讓位給她。對這件平常的事她感到意外，由於過於感激而發呆，有一個女人走過來，牽著梅子去坐她的空位。梅子開始正視對方的眼睛，那女人親切而和善的微笑著。她看旁邊的人，她看所有車廂

裡面她所能看到的眼睛，他們竟是那麼友善，這是她長了這麼大第一次經驗到。她的視覺模糊起來。曾經一直使她與這廣大人群隔絕的那張裹住她的半絕緣體，已經不存在了，現在她所看見的世界，並不是透過令她窒息的牢籠的格窗了。而她本身就是這廣大的世界的一份子。梅子十分珍惜的慢慢的落到那個空位，當她的身體接觸到座椅的刹那，一股溫暖升上心頭。她想：這都是我的孩子帶給我的，梅子牢牢地抱著孩子輕輕地泣起來。

火車穿過大里的那道長長的山洞，一片廣大無邊的太平洋的波瀾就映入梅子的眼裡。她凝視片刻，將手裡的孩子讓他靠著母親的手臂抱挺起來，面向著大海。小孩子的眼睛圓溜溜的還沒有任何焦點，梅子指著海說：

看哪！孩子那就是海啊！
海水是鹹的哪！那裡面養著很多很多的魚，
有的像火車這麼大的。
也有像你的小拇指那麼小的。
看哪！那裡有船哪！
討海人坐在船上捉魚，

捉紅的魚，白的魚，青的魚，黃的魚，
統統給我的乖孩子吃。

對了你爸爸就是一個很勇敢的討海人，
有一天他爲了捉大魚，在很遠很遠的海上死掉了。
我的乖孩子，
你長大以後不要做討海人，
你要坐大船越過這個海去讀書，
你要做一個了不起的人。

梅子又像在祈禱似的自言自語的說：

「不，我不相信我這樣的母親，這孩子將來就沒有希望。」她的眼睛又濕了。

太平洋的波瀾，浮耀著嚴冬柔軟的陽光，火車平穩而規律的輕搖著奔向漁港。

黃春明：「兒子的大玩偶」，臺北仙人掌出版社，一九六九年。

台灣
本地作家
短篇小說選

# 冤家

楊青矗

廟旁的公廁，挑糞的人在糞坑裡舀起了一個死嬰。

全村都喧騰起來；好多人停下莊稼跑來看死嬰，糞坑周圍堵起層層的人牆。

「他娘的，哪家閨女寡婦騷得耐不住討契兄（註：偷漢子）偷生的……」

「沒有看過哪家沒有男人的女人大肚子？」

「一定繫緊肚皮沒讓大起來；那麼細細漢可能沒有三斤重。」

「生了孩子沒有休息能熬得住？一休息就知道是誰偷生的了。」

「一定像子福的女人，有身孕看不出肚子，生孩子比母雞下蛋還快，母雞下了蛋還要打嘓雞哩；她，生婆還沒有給孩子繫完肚臍就出來煮豬料了。」

人群唧唧雜雜聒嚷著，我身子小好擠，一隻腳鑽過一隻腳鑽到糞坑前。臭味熏進鼻子，胃在打翻。死嬰放在糞蓋上，慘白臃腫，手腳彎縮的側躺著，身上沾滿黃黃的矢花

和蠕蠕的蛆，肚子上掛一小段長長的，像豬腸，看的人說那是臍帶。我不懂什麼叫臍帶。

「唉噫！我活得七老八老的，聽過人家說過偷生孩子的事，從來沒有親眼看過，眞的有這回事？眞是世風日下，世風日下！」一把白鬍子飄在胸前的漢山伯公搖頭嘆氣。

三個巡查大人的高管皮鞋響著兇虎虎的腳步來了，兩個四腳仔日本仔，一個台灣人，後面跟著兩個穿和服的。巡查大人叫廟公歪牛伯到廟前池塘提水把死嬰沖乾淨。那些人拿棍子把死嬰翻翻來去地檢查著。說是在廁所裡偷生擠進糞坑內淹死的。

那兩個四腳仔的巡查大人，銳得可刺人的目光掃向廟公歪牛伯：

「你整天在廟裡，有沒有聽過嬰孩的哭啼聲？」

「沒有。」歪牛伯怯生生地搖頭。

「你廟公怎麼當的？」大人繃起使人害怕的臉孔，揚起手來摑歪牛伯的臉頰：「有人在你廟旁的廁所偷生孩子你不曉得？」

歪牛伯顫抖的腮幫變成兩色；左腮幫脹起紅色的指印，右腮幫白得沒有血色。

大人交代保正，把死嬰釘個木箱找人挑去公墓埋，臨走時把歪牛伯帶去衙門。

人群移到廟前池塘邊的大榕樹下乘涼，榕樹交錯的浮根上坐滿了人，偏西的午陽從池塘墘的垂柳裡穿過來一些花花的日光。

「一定是金花偷生的，常常有猴子（註：姘頭）半夜裡躲進她的房間播種，不相信不發芽。」

「三十出頭，狼虎之年生得俏俏騷騷的，當燥！百發百中，哪有不發芽的！」

「不是她，還有別人？最不要臉的賤貨。」

一個乩童，一個桌頭，一說一道，由嫌疑推來論去，越論越是，大家都認爲是寡婦金花幹的好事。

生孩子爲什麼不在家生呢？我覺得奇怪，娘生弟弟就是在家生的。他們說什麼討契兄偷生的，討契兄一定是最丟人的事？

吃晚飯時，伯父、爹、叔叔也談死嬰的事。伯父憤慨地罵：「幹伊娘，不要臉的女人，敢討契兄不敢擔當生孩子。查出來捉去擠進糞坑，灌矢把她灌死。」

「爹，爲什麼討契兄有的孩子，躲到廁所裡偷生？」我問爹。

「多嘴！」伯父銅鈴似的眼珠子瞪著我嚮：「小孩子不懂，再問就打你的嘴巴。」

我低頭扒飯，不敢再哼一聲，我們一家人沒有一個不怕伯父的。人家都說伯父心地好，外形惡；個子又高又大，天生蜷縮的頭髮一圈圈的縮在頭盤上，眼睛微微突出，講

話時眼珠子眨眨巴巴地翻著，嘴巴常嚴嚴的緊抿著。他在村子裡是喊得響的人，沒有人敢得罪他；三兩句話不合聽，就要拿鋤頭跟人拼命。

「弟，你去看死嬰怕不怕？」二姊洗過碗後，拉我到她的房裡低聲問。

「不怕。」其實我怕。

「人家說了些什麼？」

「都說是金花討契兄偷生的，什麼看過半夜裡有猴子躲進金花房裡播種。二姊，什麼叫播種？像我們種豆子，猴子躲進金花的房裡把種子埋在床底下，金花就偷生孩子了？猴子會播種？哪裡來的猴子？」

「我不懂。」二姊別過頭背著我，衣櫥上的鏡子照出她的臉，油燈下顯得很淒黃，咬著嘴唇沉思。

「二姊你怎麼了？」

「頭痛，你出去吧，讓二姊睡一下就好了。」

二姊把我推出來，關上門，加上門。

二姊和出了嫁的大姊都是伯父生的。她這幾天身體不舒服，臉色蒼白，伯母叫她看醫生吃藥在家休息，她不要，說稍爲感冒，過了幾天就好，仍照樣跟人家到田裡工作。

廟公歪牛伯在衙門過了一夜，回來後，在廟前大罵偷生孩子的女人。他翻開衣衫給人看，背上一條條淤黑的鞭痕。

金花也被大人叫去過了一夜，回家後躲在房間裡哭了一整天，聽說大人把她灌水拷問。

大人來村上調查王香珠，王香珠妖妖嬈嬈的，像一隻叫春的野貓，整天在外頭野。她田頭田尾碰上年輕小夥子跟她打情罵俏地磨牙，勾著眼梢磨上一整天也捨不得走開。她在後山仔溪畔摘龍眼跟阿勇拌嘴，阿勇說不過她，在她胸前摸了一把出氣。她跑回去請出她的兄弟到阿勇家裡去理論，逼迫阿勇到廟前的十字叉路口上向過路人分香煙。阿勇的母親也眞妙，站在路頭向行人大喊著：「喂，來呀！來抽煙，我的兒子給香珠偷摸乳，被罰分煙，來抽一支吧！抽一支摸乳煙！來喔！抽一支摸乳煙！」氣死香珠，等於請她在十字路口廣播；不要阿勇分煙了。有一天阿勇走過溪畔，被她出其不意推下溪底，被人救起來時，已經被水灌昏了。因此她的狠出了名，只有她那麼狠，才敢那麼毒，偷生孩子擠進糞坑淹死。

有人看過她跟金厝的青年一起進入甘蔗園；也有人在夜晚看過她跟王家的小流氓在草堆下唧唧喁喁。三個人都被大人調去衙門過了一夜。

大人也調查農場的監工，農場的監工很多會利用職權把漂亮的女工單獨帶進甘蔗園裡去「做工」。半年前村裡的阿玉在農場做工時，監工在工作上給她很多便宜，常常在人家散工後把她帶進甘蔗園做工，結果把肚子做大了，鬧了一陣子，監工賠了一筆錢，阿玉帶著肚子送給一個將近四十歲還沒有人要嫁他的人做妻子。

日本仔巡查大人也來我家調查二姊，伯父一看到四腳仔就心煩很不高興地說：

「我家鳳春我們自己管得嚴，沒有什麼好調查的，不相信可以去問問左鄰右舍。」

二姊爲人很規矩，不喜歡說話，沒有事也不到鄰居家去，伯父又罵得兇；大人問了些日常的生活情形就走了。

娘在就寢前坐在床沿摺被子時問爹：

「大人今天來我家調查鳳春；我看過她跟謝家的二郎偷偷摸摸地在山崙仔上，謝家跟我們有隙，竟會找人來說媒，會不會鳳春姘上二郎了？」

「不會吧？」爹說，「鳳春那麼乖，不會做出那種敗門風的事。整天都不喜歡說話的人，哪會姘上男人。如果不是一郎跟鳳英毀過親，二郎倒是好對象。」

謝家央人來說親那天，天剛黑時，我跟鄰居的小孩捉迷藏躲進二姊的房間裡。二姊換了一件深綠色的新衣，站在梳裝台的鏡子前面，正面照照，側面照照，衣衫拉拉扯扯，永遠拉不正似的拉著沒停。長髮梳了又梳，分成兩邊甩在胸前，側身對著鏡子打辮子。熒熒的油燈下，稍加打扮的二姊，青春俏麗中含一股憂悒，那份打扮不掉的憂悒常被伯母罵，年紀輕輕的，沒有什麼事常憂著臉，破格！

「二姊，哪裡去？帶我走！」她有外出的樣子。

「不，我不出去。」

當我跑出去又跑進來時已看不到二姊了。後門剛剛響，一定從後門出去，怎麼不帶我走？

我追出去，穿過葉影密密的柚子園，圓月掛在山崙仔的樹梢上，田野撒滿迷朦的光乳，風習習的，蟲唧唧叫著。二姊剪過一壠壠的蕃薯園，往山崙仔上走。山崙仔有竹篁、蓮霧、龍眼、芒果，竹篁裡有整群整群的白鷺棲居。我常跟二姊來採野菇，摘果實，捉蟬兒，揀白鷺蛋，整個山崙仔的路都很熟。我躲躲藏藏跟在二姊後面，想嚇她一跳。

繞過大芒果樹，二姊被樹根絆了一跤，踉蹌了幾步沒有跌倒。走到老龍眼樹時，有一個人迎上二姊，牽著二姊的手，兩人相拉著手穿過陰森的竹林，坐在老榕樹頭。我張大眼睛，藉樹葉篩下影影綽綽的月光看那個人。唔，二郎！

「我爹堅持不答應我娶妳，我向他說如不答應我要自殺，他嚇服了，才央媒到你家求親，妳爹答應不？」二郎問。

「我爹把媒人罵了一頓，說把我斬給母豬配矢也不嫁給你家。」二姊有泣傷的聲音。

「妳可以向他懇求，要嫁給我。」

「敢開口？一說一定被打死。女孩子家……多不要臉。」

「我大哥如果沒跟妳大姊毀過親，我們的親事一定沒有波折。」

二姊一直抽泣著。

他們再說些什麼我沒有聽清。我繞過龍眼樹，躲在他們前面的蓮霧樹幹後面。二姊躺在二郎的懷裡，二郎給她擦眼淚，低下頭咬二姊。娘親我時是親我的臉頰，他們是嘴唇咬嘴唇。我衝到他們面前，哇的叫一聲。聲音震醒沉睡的山林，白鷺啪啪飛起。二郎倏地把二姊推開坐正，兩人定定地出神。

「二姊，不害臊，那麼大了還躺在二郎懷裡嘴唇咬嘴唇。」

「弟，你怎麼跑到這裡來？」

「跟妳背後來的，誰叫妳不帶我來。」

「二姊錢給你，你回去不要說什麼，你一說伯父會打死二姊的，你喜歡二姊被伯父打死？」

「好，錢！」

我伸出手，二姊在腰袋裡摸出兩個角幣給我。

「眞的不要說，過兩天我也兩角給你。」二郎懇求我。

「哼，我才不要你的錢，你一定是二姊的契兄，討女人，討契兄，最不要臉！」

「弟，你——」二姊被我的話嚇住了。

我拔腳要跑，二姊拉近我抱住。

「你這樣侮辱姊，你回去一說二姊是死定的——」二姊慌張得哭起來。

「我不說就是。」

我一口氣跑到村裡的店仔買糖吃，又跑去跟孩子們捉迷藏。回到家裡時被伯父拉住問：

「看到二姊沒有？」

「不曉得。」

後門咕——一聲，二姊正好開門進來。伯父的眼睛眨巴瞪著二姊。

「上哪裡去？女孩子家這麼晚還出去野。」

「沒有。」二姊咬著嘴唇，一臉青藍色：「出去走走。」

「謝家那不要臉的，央人來求親，妳二嬸說看過妳跟二郎單獨在山崙仔上。別忘記一郎跟你大姊毀過親，謝家沒有一個是好貨。再看到妳跟他在一起，就把妳綑起來丟進魚塭裡養魚。」

「那是走過山崙仔碰見過而已。」

二姊偷偷抬起頭看了一下伯父，恰好和伯父燃燒的眼光相碰，瞬即低下頭鑽進她的房間。

大姊鳳英跟一郎鬧毀親的那段日子，家裡的人成天談應對的事。人家都說一郎跟大姊訂了親，不該在城裡交女孩而跟大姊鬧毀親。伯父開的條件是聘金收回再罰一倍，要以鑼鼓樂隊鞭炮給我家掛紅彩洗門風，並向全村人分煙陪罪。謝家等持聘金退回就算了事，其餘的條件不接受。伯父揚聲如不接受，等一郎城裡回來，要攔在半路活活把他打死。謝家嚇壞了，一切條件都接受。

事後一郎娶了城裡的女孩，大姊也另嫁別人。謝家有區水田和我家的水田相鄰，謝家那塊小田沒有水路，一定要從我家的水田引水灌溉。毀親後，伯父不讓他挖我家水田的田埂引水。謝家找人來理論，說伯父沒有道理，一樣納水稅，不讓人家引水。

「沒有道理就讓它沒有道理，謝家敗我們的門風有道理？我偏不讓他挖我的田埂引水，不相信，試試看，他一挖我就斫他的頭。」伯父斬釘截鐵地說。

謝家那塊水田變成了旱田。

保正通知二姊中午一點到廟前集合，要做勞務工。

我到廟前玩時，二姊也到廟前了，來集合的都是可出嫁的女孩子，約有二十餘人，巡查大人把女孩子們帶進廟舍裡，閒人都被趕開。我繞過廟後由廟舍的窗口探頭看，大人大喝：「小孩子走開！」把窗關了起來。我退了幾步，避了一會，趨前伏身在窗檻上由窗縫往裡面探。

「今天集大家來並不是要做勞務工。爲要查偷生孩子的事，集合大家來擠乳。叫到名字的，自動把上衣脫開走過來。不服從的人捉回衙門關三天。」大人向女孩子們宣佈，面孔板得好嚴。

女孩子們都驚訝地縮在屋角你看看我，我瞪瞪你。

兩個大人一個坐在桌邊翻簿子叫名，一個站著等。

「洪秀綢。」

「……」秀綢忸怩不前。

「過來！」

秀綢畏縮地移動腳步，慢吞吞，要前不前地走過來。

「上衣釦子打開！」

秀綢低著頭，兩頰火燒似的紅，站住不動。

大人把她向前一拉，嗤——一聲，上衣的釦子都斷開了，大人又扯開她的內衣裸出胸來，胸前突出兩隻蓮霧形的乳子，活跳跳白嫩嫩的。大人嚴嚴的臉孔抖動一絲貪豬哥笑，一手在乳頭捏了幾捏，然後兩手手掌張開，弧住乳圍用力擠，秀綢全身顫抖著，乳子抖得幾乎要飛起來。左邊擠過了擠右邊。秀綢恨恨地咬著牙根，被擠出眼淚，嗆嗆泣起來。

一個擠完，另叫一個來擠，層層掩藏的珍寶，一走到大人的面前，一層一層被剝開，任憑捏著、摸著、擠著。後然含著無限的羞辱，自行扣好釦子站在另一邊去。

「黃鳳春！」第八個叫到的是二姊。

「黃鳳春！」

二姊一臉死灰色，兩眼空盪盪地兀自出神，沒有聽到似的站著不動。

「黃鳳春出來！」大人咆哮起來，跨上前把二姊拉過去。

「脫下來！」

二姊別過頭，不理。

大人把二姊扳正扯著上衣、內衣，二姊左躲右躲，雙手護住胸口，仍被扯開了。二姊的乳子高聳豐滿像剛成熟的小文旦。

「嘿嘿，妳的乳子特別大。」

大人粗暴的雙手一擠，二姊的乳頭噴出了滴滴的乳汁，像清晨從樹幹搖下的露珠，一連串的滴下來。

乳水震懾了每一個含羞的臉孔。

「是妳偷生的孩子？」桌子響了一聲，桌腳連大人的腳都跳起來。

「沒有。」

「沒有？妳的乳會有乳水？」

大人又擠二姊另一隻乳，乳水照樣滴下來。「妳看，妳看，這是什麼？」

二姊甩開大人的手，兩手拉上衣服掩住雙乳。

啪，啪，大人恨恨地摑二姊兩下耳光，二姊返到門口，猛一返身，竄出了廟舍，大人拔腳急追，碰！被門檻絆了一跤碰上廟壁。二姊衝過大殿由後門奔出去，等我繞到後門時，二姊正鑽進廟後的甘蔗園，兩個大人也追進甘蔗園。

二姊！二姊！妳沒被四腳仔大人捉去打死，回去也會被伯父打死！我爲二姊急得哭出來。

約莫一頓飯的工夫，巡查大人出來了，沒有捉到二姊。

巡查來我家向伯父要人，伯父氣得死瞪著眼睛，答不出話來。

「奇撒馬！」巡查握緊拳頭猛揍伯父的胸膛，「你的女兒討契兄偷生孩子，你不曉得！」

「到偋門去！」巡查把伯父的手往後一拽，帶走了。

一陣電擊的悚慄通過我的全身，眼前浮起伯父被脫掉衣袋，吊在屋樑上，底下站著兩個四腳仔的巡查拿著藤條：「奇撒馬，馬鹿野狼，還不說！」猛罵猛打著。

廟後的甘蔗園一區連過一區綿延數里，伯母請了十幾個人一區區地找。

夕陽下山了，仍找不到二姊一丁點的蹤跡。

爹找來三個人接繫兩丈多長的竹竿，到田野的水井一個一個攪；又請兩個會游水的，到鄰村的水塘和圳頭的水壩處潛水摸尋。

鄰居有人說，沒有看過二姊大肚子，也沒有嘔吐什麼害喜病的徵象，只看她整天愁著臉悶悶不說話，怎麼會偷生孩子呢？也有人說二姊的肚子有點奇怪，她總穿寬寬鬆鬆的衣衫，肚皮微微突出，不過不會令人感覺她有孕，以爲是天生的。當伯母在二姊的衣箱底翻出五扎約摸五寸寬，四、五尺長的白布札時，就確定是硬綑綁著肚子沒讓大起來。

如果說嘔吐是害喜病，我曾看過二姊空嘔。糧食配給，我家每次收稻，伯父因不願把辛辛苦苦收成的全交給日本仔去充軍糧，使自己吃不飽，藏起一些沒交出去，以補配給的不足。每天零晨四時二姊就起床，先叫我起來背書，然後到後房挖出藏著的稻，在我背書的油燈下拿磚頭磨。全家人一天要補貼的米，二姊都在這時候磨好。有那麼幾天二姊在磨稻時嘔吐，說嘔吐也不過空嘔幾口口水。有時磨稻磨到一半就伏在凳子上睏，直到煮早飯時才振作起來。

天黑了，掛鐘六點、七點、八點地打過去了，還找不到二姊，伯父也沒有回來。

伯母去保正家走了三次，哀求他把伯父保回來，保正總是推東推西的，第三次伯母送了一些錢，保正才答應去保。

伯父回來時臉色蒼白，走路一拐一拐的，像一個長短腳的。跨進廳堂的門檻時，喔

——一口鮮紅的血從口中噴出，伯母忙扶住他，淚水像衝開閘板的圳水滾滾而下。

「慘了，打傷了內臟！」伯父靠著牆壁吐氣，頹喪中含著一股憤怒。

「我要去找謝家的小子算帳，我要他的命！我要他的命！」

伯父抓起身邊的一把鋤頭，就要拐出去。

伯母捉住他，被他甩開了手，伯父像一頭發瘋的牛，抄田塍一拐一拐地奔向謝家去。

伯母急壞了，趕緊喊人去叫了爹回來。

「你大哥到謝家去了，趕快追去，千萬不要讓他出事。」

我跟在爹後面，爹邊追邊喊，伯父頭也不回，半拐半拐踅進謝家埕子。謝家的廳堂亮著油燈，圍了很多人。伯父握著鋤頭站在埕子裡喊：

「謝仔二郎你出來，我今天非要你的命不可，我家門風被你謝家敗得沒臉見人。出來！有種趕快出來！」

喔——伯父又吐出了一大口什麼。

「回去吧，大哥，你身子有傷，以後再說吧！」爹低聲勸著伯父。伯父沒有聽到似的，凝神注視廳堂內的動靜。

廳堂裡的人被定身法定住了似的，愣愣地定死了。伯父又喊了一陣，廳堂內慢慢走出一個飄長鬍子的老年人，那是王家的漢山伯公學問好，德望高，伯父平時很尊敬他。

「他們都找二郎去了。」漢山伯公說。「二郎下午在廟後的甘蔗田工作，一直沒有回來；可能兩人一起跑了，最怕的他們去……。找人要緊，事情不可再鬧了。再鬧下去，慘的有，好的沒有，兩家都不利，忍忍吧！」

「這樣下去我怎麼有臉見人？」

「找人要緊，人找到了再說吧。」伯父木木的任漢山伯公和爹把他拉回來。

深夜十一點了！找的人都回到我家來；村野的井都用竹竿攪過了；山崙仔的樹林都用手電筒照過了；圳頭和隱厝村邊的池塘也請人潛水摸過了，人還是找不到。

伯母的淚水流乾了，一臉愁悶，臉縮小了很多。她拿了兩隻手電筒拉我娘和叔叔又出去了。

「鳳——春——啊——回來喔——」

聲音響自後山崙仔的樹林裡，一絲一絲，悠悠的，那麼悲悽、那麼絕望、那麼無助，像鬼靈響自地心的叫魂。

「回來喔——鳳春啊——」喊聲漸漸轉向廟後的甘蔗園。

「二——郎啊——回來喔——」

「二——郎——啊」

謝家東邊村尾的圳頭，也傳來了喊聲。喊聲遙遙的，好像來自遠古的欉塚中。東邊起了，西邊落了，一呼一應著。兩處的喊聲漸漸近到一起，混在一起，漸漸遠向村野。

「二郎啊——鳳春啊——回來啊——」分不出是我家的或是謝家的；兩家一起喊著。

五個巡查摸黑衝進我家，三個伏往前後門，兩個進來要抓人，伯父向他們說人還沒找到，他們不相信，打著手電筒，床鋪底下、衣櫥裡、廚房、牛棚、草堆邊，到處翻、到處找。

「鳳——春——啊——二——郎啊——回——來——啊」兩家一起喊，分不出我家的，或是謝家的？

一家人沒有一個上床睡，悒悒地等著，好像二姊會在人們都睡死了的深夜才回來似的。

楊青矗：「在室男」，高雄文皇出版社，一九七一年。

# 返鄉

銀正雄

## 一

龜腳村本來不叫龜腳村，它之所以被人喚成現在這個既粗鄙又野氣的名稱，乃是它的背景所致。原來這村的屁股後有座起伏不平的連綿山脈，這山如果從高處或者遠處望去，便像隻匍匐在大地上昂著頭的巨龜，因此本地人便就地取名，呼它：烏龜仔山。那時，本地人尚很迷信，咸認巨龜是長壽之蟲，爲上界派下來的神物，能庇人平安蔭人無事，是以大夥兒便紛紛斥資在烏龜仔的主峰（剛好是龜甲隆起部分的山峰）搭蓋一座供奉烏龜精的廟宇。奇怪的是，對於這烏龜精的來源，從沒有人問過；即使問也問不出所以然來。現在這廟倒是馳名遠近，每年香火鼎盛，信徒絡繹不絕。而龜腳村也就是因爲

落座在烏龜仔山的左後腳下而得名。

然而這村子在天堂市的地圖上是很不易尋找的，它太小了，充其量只不過用個小黑點兒代表代表，意思意思罷了。村子的地位著實異常偏僻，即使距最近的蜈蚣鎮少說也有五公里，交通卻全靠自家的牛車或者四十分鐘一班的公路巴士來維持。不消說，龜腳村直到現在爲止猶是那五十年前的烏雀村，什麼都沒改變，除了名字。

村內一總將近二十戶住家，彎彎曲曲的釁集在一起，排列成爲馬蹄模樣。村子的正中央是一塊廣的曬穀場，一至秋收後便成村童的遊樂所，在夏夜也是村人大擺龍門的地方。曬穀場左邊靠近村長阿福伯那間用紅磚石搭成的獨立屋前，有一個深及十八公尺的水井，爲了怕發生意外，尋常不用時，便拿木板子蓋住，上面再用幾塊籃球大的石頭壓著。村子的正前方有一道也是唯一一道通往蜈蚣鎮的三級柏油公路，當時除開屁股噴黑煙的公路巴士外，其他的車子倒鮮少得很。

龜腳村的村人，顯而易見，均是世代務農爲主。由於交通不便，那些所謂齊全的「都市」文化也就很少給帶到這偏僻的角落。老一輩的人大都挑得動耕鋤挑不動毛筆；年輕一代的稍稍好點，但所識的字也不過半個畚箕。但是他們均很知足，認爲只消能記記帳對付對付也就成了。

值得一提的是，龜腳村的民風非常拙樸，這可從他們的日出而作日沒而歸，夜裡不到九點鐘即熄燈就寢的習慣看出。一般說來。村民的腦筋仍舊非常守舊，自然也不至於守舊到女子不准出大門的地步；然而偶有一人上蜈蚣鎮發現男女手牽手走在一道，回來便大肆喧嚷的繪影繪形一番，惹得全村砸嘴不止，都謂世風敗壞了。

因此，實際上龜腳村自身已形成一個嚴厲的世界，村民內在的性格都非常嚴厲，容不得人犯錯，一犯錯就絕不輕饒。據說，在四十年前，村民就曾活活打死一對通姦的狗男女，而當時的地方官府也因查無實據，只得不了了之。現在，當然再沒有打死人的案子發生，可是他們對於犯錯的村民最大的懲罰，便是毒打一頓再送警辦理，這就是說，予以驅逐了。

總之，龜腳村是五十年前的龜腳村，日子過得寧靜而安樂，雖然有時也會感到無聊，但一切都已習慣了。

## 二

七月開始的一個酷熱的下午。

的。

在拐入龜腳村的路口上，一輛載滿煤炭的卡車停了下來；這車是要駛往蜈蚣鎮卸貨的。

車門推開了，一個年紀將近三十歲的青年從車上跳下來。他剛從北部的某個大城市轉來，他離開龜腳村已經整整四年了。一路上，一種興奮的愉悅爬滿了他那張略嫌黝黑的臉龐，這倒叫那個讓他搭便車的司機納悶起來：這傢伙是要回家結婚嗎？他不時的帶著疑惑的目光看青年，但總找不出一個滿意的答案。這兩個人一路上彼此不曾搭過腔；青年高興的計劃著回鄉後的打算，他已經沉醉於冥想的幸福中；司機則帶著滿肚子的好奇心，猜測著這青年究竟笑些什麼。

青年一下了車，立刻接過司機遞給他的那口笨重的、塞滿衣物的黑皮箱。青年隨即笑著掏出二十塊錢，司機一看當下紅了臉。兩個人拉扯了半天，司機到底拗不過，終究還是赤漲著臉孔收了。

「祝你一路順風。」青年向車上的司機說。

「多謝啦。」司機笑著，一面發動引擎。

運煤卡車揚塵遠去了。

太陽很大，變成了一團強烈的發光體，猛猛的烤著大地。青年掏出一條白淨的手帕拭乾了額上的汗珠子。天氣眞熱，他想。一陣風輕拂過來，居然也是灼人的。然而，青年卻懷著愉快的心情注視豎在路口上的那支路標，路標的箭頭指向村子裡，上面三個拙劣而可愛的黑漆大字歪歪扭扭的寫道：龜腳村。

到了，家鄉，這就是你夢寐以求的家鄉。

青年想著，心中卻隱隱感到不安：他們會歡迎我嗎？他想到四年前被五花大綁逐出村子的情景，那眞是一場噩夢，一場令人心悸肉顫的夢！

現在，他回來了，他會遭受什麼樣的待遇呢？他遲疑著，有點畏怯了。走吧，反正你已接近家鄉的門口，總算是看到家鄉了。走吧，等闖出一番場面再回來。他提著皮箱走回公路。且住，你要上哪兒去呢？不要忘了，你是個前科犯，你難道沒看夠牢裡那些累犯的悽慘情景？回你的家去吧，老弟。都市絕不可待，尤其是我們這種沒有定力的人。都市會活活埋葬我們。回鄉下去吧，老弟，那是你唯一的生路，一個滿面皺紋的老囚犯如此告訴他。他又轉身走向路標。樟樹叔！他還在村裡嗎？四年前，他差點揍死你，要不是阿福伯極力攔住。他恨死你了，你實在不該偷他的女人。現時懊悔有什麼用，當初怎麼那樣糊塗呢？你又不是不曉得他的雷公脾氣，你眞吃了豹子膽啦！臨走，他惡狠狠的說：下次，再叫我看到你，你別想活著走路！他會實踐他的毒誓的，你還是不見爲妙。青年再度踱回公路。逃什麼！你眞無路用！你忘了這四年所吃的苦嗎？你不是一直想回來嗎？你不是決定洗手重新做人嗎？那你怕什麼，轉回去！沒聽人說過嗎，夾著尾巴逃是沒有卵子的男人幹，你要男子氣點，好好幹一番，讓人（特別是樟樹叔）刮目相視！回去，別如此窩囊了。

青年終於決然邁步，朝村口勇悍而飛快的行去。

日頭下，四周寂得如座死城，炎炎的熱力使人覺得彷彿在坩鍋裡叫火乾炙著。

這返鄉的青年，四年前龜腳村的村民都喚伊：老鼠仔張。

## 三

這一日，在荔枝嬸的雜貨舖裡，嚼檳榔的、嗑瓜子的、啖花生米、剝龍眼吃以及坐在圓凳上光挖耳屎的村人，總有十三、四個。現在正是段清閒的日子；所有的稻子均發得很快，就要結那叫人喜孜孜的金黃的穗子，據估計約莫半個月後，就可收割了。因此，他們都閒得家裡待不住，一有空便趕往舖子裡找人東南西北的扯聒著，甚至將陳年生了霉的兒時玩事也騰了出來，晾曬一番。

突的，幾乎快吵翻荔枝嬸的屋頂沸騰聲寂止了。室內每個人的心臟都咚的跳了一下。一條熟悉的影形出現在他們的瞳目中，疾快的走過來。他們均不敢相信自己的目睛，有的便揉了一揉。然而，錯不了，是他，這狗母飼的浪蕩子居然轉返來了。一聲冷哼，樟樹叔第一個站了起來，跨出門限。第二個出去的是村長阿福伯，他的粗眉毛皺得分不清是兩道是一道。其他的人則不約而同的隨後跟著，聲勢足以嚇走這隻專門扒地洞的老鼠仔張了。

青年自然也看見了他們，心底不由一緊，腳步慢了下來。

雙方對峙著，沒有人開口。他看他們，他們狠瞪他。空氣霎時僵硬得流不動，每個人的呼吸都快停頓了。頭頂上那顆大火球伸出觸鬚狠狠的鞭打著他們，汗水紛紛的自額上、胸腹、腋窩、手臂淌了出來。

他強自按捺著轉身奔逃的意念。四年前，那副五花大綁的慘狀再度回至腦海中。他濕潤潤嘴唇，心臟急速的跳動著。

「你們一切都好。」他勉強作出了笑容，吃力的說著。好了，總算打個招呼了。

無人應話。

他尷尬的注視著他們。走吧，何苦受這鳥氣，天下大得很，何必朝這鬼地方死鑽。

不行，你不能走，這一退身，就完蛋了，永遠。

「你們一切都好。」他說。

久久。

他感到渾身不舒服。一股怒火自內心燃升起。忍！要忍！他強制著。

「是什麼鬼風颸回你這牛頭馬面的？」村長阿福伯爲了息事寧人，勉強問道，語氣極端不安。

「我出獄了，我想回來做莊稼。」他說，像解釋又像哀求。

「你講什麼？」樟樹叔的雷公嘴猛的炸開了，宛如平地一聲悶雷。

「我是說，我回來種田的。」

「呸！你老鼠仔張少廁所內奏琵琶，臭彈了。」彰樹叔猛朝地上啐一口痰。「不曾聽說老鼠仔張會變成貓這種事。先言明，這回你轉來，又打算挖哪家的地洞？」

「我已經洗手了。」他委屈地分辯。

「老鼠仔，」村長阿福伯插嘴問道：「你眞回來做農？」

像是升起了一線曙光，他趕緊高興的回答：「眞正的，我再不幹壞事了，我是回來種田的。」

阿福伯蹙著眉頭沉思。

「阿福仔哥，這款腳色你怎能信伊的話！」樟樹叔叫道：「不行！絕對不行留他住下！」

眾人紛紛點頭稱是，話語聲一時交雜。青年看在眼裡，不由捏了兩把汗。媽的，我又站在法庭的被告席上，聆聽審判了。

「停停，你們都停停，不要講話，」儼然法官的阿福伯終於揮手嚷道。他的臉孔彷彿罩上一層陰影，凝重得緊。聲音慢慢的小，小，闃寂了。阿福伯威嚴的看著大眾，說：「你們聽我講，老鼠仔張是四年前叫我們趕出的，按規矩，我們是不准他搬回來的，對不對？」

「對！」一個嚷道：「老鼠仔張是條廁所裡的臭蟲，我們不歡迎他！」

「老鼠仔張！」另一個紫著臉孔吼道：「給我們死出去！你猶想活在這世間現世嗎？」

大夥兒又是一陣騷動；每隻眼睛都噴出火來。

「莫吵，莫吵，大家都鎮靜點。」阿福伯極力叫道。討論聲再低落下來。這位幹了二十多年的老村長，轉目看著青年，沉重的說：「老鼠仔，你看到了吧，現在還想住下來嗎？」

青年低下頭看看手中的黑皮箱，再抬起了臉，說：「我還是想住下來。」

一時，村人都叫他的話愣怔了。

# 四

「阿梅，老鼠仔張回來了。」

「誰？誰回來了？你說。」

「老鼠仔張嘛，那個偷雞摸狗的東西。真現世！居然有臉回來。」

「喂，你不要偷吃碟子裡的豆腐干，好不？壞模樣，你還做阿爸呢，待會兒又叫阿土羞你臉了。說說瞧，這老鼠仔怎敢回來呢？」

「誰知道他跟誰借的膽子，瞧他畏畏縮縮的，真叫氣憤，阿來伯怎會生出這種不肖子？哎！」

「你們就讓他回來？」

「都是阿福伯嘛，什麼不看金面看佛面，要大家瞧在那老鼠仔張死去的阿爸面子上，饒他一次，我們能說什麼，還不是讓他住下來了。」

「那他住哪兒？他阿爸的老厝嗎？」

「管伊！阿梅，以後別叫阿土和他在一塊，否則我要打斷他的狗腿！」

「知啦，知啦。喂，你怎麼又捏豆腐干偷吃！」

「阿好，老鼠仔張回來了。」

「誰？你是說，那畜牲轉來了。」

「就是，伊娘，這下咱村又要大亂了。」

「你們怎麼允准那畜牲呢？」

「幹，他們都聽阿福伯的，我能不聽？」

「阿福伯怎麼說？」

「阿福伯說，娘哩，那有什麼關係，重要的是這魔頭又回來了。」頓了一頓，又問：「阿好，金戒子還在吧？」

「在啊，我收起來了。」

「妳快拿出來我看看，這是花一季稻米打來的，得仔細保藏著，別叫那老鼠仔扒走

了。」

「安啦，安啦，我藏好好的。」

「幹，安什麼，妳個查某不知世面，快拿出我看看！」

「樟樹仔哥，阿福仔哥怎讓那死沒人哭的回來？這不存心要讓他鬧得我們都雞犬不寧嗎！」

「別問我，幹，問那老貨仔去！」

「樟樹仔哥，莫生氣啦，我知你又想起四年前那件事，其實我們又不……。」

「好啦，好啦，你少哭饑！伊娘，那小子就不要叫我逮住差錯，哼哼，不然我樟樹仔就要他好看。」

「對，對，我們得揪住機會叫他像老鼠一樣的奔竄出去。不然他每日見到你就會想，你樟樹仔有什麼了不起，你的牽手仔我還不是照樣睏過。」

「夠了，莫再囉嗦了。娘的，眞吃我到家，居然回來叫我再現一次世！行，就別叫我抓住他！」

「對，來，樟樹仔哥，我們乾一杯，希望那臭小子有一天叫雷公打死。來，別客氣，樟樹仔哥，吃塊白斬雞吧，這是上雞煮的，又香又嫩，我牽手仔頂拿手的菜。」

這時，青年正在他阿爸的老厝裡奮力打掃。他一直到很深時才乏憊的上床睏寢。

## 五

翌日，將近正午時，青年興沖沖的從蜈蚣鎮搭車趕回來。一路上，他的喜悅飄浮在七月爽朗的空氣中，一下生命陡然充實了幾十倍。那眞是一場圓滿的會談，他成功了，農會主任答應借他錢。他去，原本不帶多大希望，不想當他提出他的理想他的要求時，農會主任竟爽快的答應了。有了這筆款子，我就不愁買不到秧苗了，他想道。我要好好努力，看吧，我把這些秧苗種下去，明年春天它們就結成金黃的稻穗了。努力努力努力，他笑著跟自己說。家鄉的風景眞美啊，爲什麼四年以前我沒發現呢。現在，我只要找村長當保人就成了。他會肯的，我想。要不是他，我說不定還不能待下來呢。我賣了第一季稻子，一定請他呷酒。其實，村人都很不錯的，只是以前的我太叫他們寒心了，這都是我自作自受。那個農會的主任也是好人，居然信任我，肯借我錢。哎，家鄉畢竟是溫暖的，那個老囚犯沒說錯。也眞對不起阿爸，田地荒廢這些年，著實浪費了。我要努力播種，做個好農夫。對了，就不知阿福伯肯不肯當保人，我過去那樣壞，他會信任我嗎？哎，我不該懷疑他老人家，他會的，他是阿爸的好朋友，何況他昨天還留我住下呢。

車掌小姐吹了下哨子，好清脆的一聲：畢，車子停下來，龜腳村到了。

他慌忙的走下車子。好險，差點就誤站，以後再不要胡想亂想了。

他望望亮麗的天空，一切都是如此美好，什麼都沒欠缺。好日子就更該好好過才是，他對自己說。

## 六

他進入阿福伯的屋裡時，聞到了從灶間裡飄出來的飯香，不由暗嚥了口水。

「阿福伯！」他叫道。

一個滿臉紅光的老人從房裡踱出。

「是你，老鼠仔，」阿福伯微帶驚訝，他找我幹什麼呢。「有事嗎？」

「有點事，想找您參商。」他高興的說。

「什麼事？」老人問：「奇怪，我一整個早上都沒看到你，你哪兒去了？」

「我到鎮上去了一趟，」青年說：「我去找農會主任。」

「農會主任？」

「是啊，我去找他，我把我的事情告訴他，我說我有塊田，可是沒有秧苗，我講我要向農會借錢，結果您猜怎麼著，他答應啦。」

「嗯，你借錢跟我有什麼關係呢？你愛借就借，我才不管。」老人說：「不過，你借錢做什麼？」

「買秧苗呀。」

「眞的？」老人懷疑的問道。

「當然是眞的。」青年說：「有了秧苗，我就能插植，插植後我會每日去灌溉，施肥，要不了幾個月我便有了第一季又香又黃的稻穗啦。」

「那跟你來找我有什麼關係？」阿福伯問。

「借我錢的農會主任說要有個保人，」青年說：「所以，我來找您。」

「要我當保人？」

青年滿懷希望的點點頭。

「不能！老鼠仔，我不能當。」阿福伯說。

「爲什麼？」青年驚訝你，「難道您不……」

「人心隔肚皮，老鼠仔，你懂吧。」阿福伯插斷了他的話：「我怕你借了錢就腳板抹油，留我在這兒做戇人。」

「但是，我是眞心的呀。」

「我怎麼知道，你才回來一天。」阿福伯不客氣的說。

「原來你不相信我，」青年洩氣的說：「所以你不肯當我的保證人。」

「我會相信你，等以後我相識那個眞正的你時。」

青年轉身走向門口，像個癟了氣的輪胎。老人緊盯著他的背後。

「老鼠仔！」阿福伯喚道。

他停住了腳步。

「你想到別家去問嗎？」

「連您都不相信我了，他們更加不可能。」

「老鼠仔，」阿福伯上前撫慰的輕拍他的肩膀。「我想我可以僱你做短工，反正馬上就要收稻了，我需要人幫助。」

青年沒說話。

「你回去考慮考慮好了。」阿福伯說：「留下來吃飯吧？」

「不啦，多謝。」青年說。

阿福伯這個活了一甲子的老人看著他走出了門。

## 七

他醒來時，太陽已經墜落下去了，天色逐漸的走向黑暗的懷抱。天黑了，他想，這是我回來的第二個晚間了。他淒楚的回味著快中午時和阿福伯討論的事。沒有保人，這筆借款等於是砸鍋了。沒有錢，秧苗稻穗什麼都別談了。爲什麼他不信任我？爲什麼村人都不信任我？好了，阿爸，你的田地只有繼續生野草的份兒了。爲什麼？天黑了，一顆星子在那兒眨亮著，好像是天空這張大臉的一滴淚水。難道壞人就不能變好嗎？走吧，你不該回來的。不，我不走，就是餓死也要餓死在這兒。穗苗，錢，稻穗，錢，哈，都像是叫針扎破的氣球了。不，我絕不走，我非把阿爸的地墾出個結果不可。阿福伯，您爲何不相信我？我說得那樣誠懇，完全是心腹話，你該看出來的呀。我怎樣知

道，你才回來一天，阿福伯說。先言明，這回你轉來又打算挖哪家的地洞？樟樹叔說。我已經洗手了。我說。阿福伯說：我怎樣知道，你才回來一天。是了，他們如何曉悉，我才回來一天，時間太短了。走吧。走什麼？走哪兒去？我要留下來，阿爸的地我得照顧呢。

敲門聲。砰砰砰，是誰呢？

「不像不在。」阿福伯的聲音。

「不在？我講嘛，這個人——」

砰砰砰。

「老鼠仔！」阿福伯在門外叫。

「稍等！」他喊。奇怪，發生什麼事了？

急急忙忙的穿好衣服，上前拉開了門閂。阿福伯樟樹叔檳榔仔一行人怒氣沖沖的走進屋內。

「什麼事？」他問。

「你少假肖！」樟樹叔冷笑道：「檳榔仔，把你的事情講給伊聽。」

「老鼠仔張，金戒子還給我吧。」檳榔仔紅著臉說。

「什麼？金戒子？」他吃驚了，胸口彷彿叫人擊中一拳，乍疼了起來。「檳榔仔，你到底說什麼？」

「老鼠仔，檳榔仔的金戒子是不是你拿的？快老實講！」一旁的阿福伯冷冷的說道。

「我沒拿啊，」他渾身起了一陣麻麻的顫意。「檳榔仔，你別黑白講，我什麼時候偷了你的金戒子？」

「不是你這隻挖地洞的老鼠仔偷的是誰偷的？」檳榔仔恨恨說道：「昨暝我和牽手仔阿好還看到金戒子好好的，今天下午就不見了。你才回來一日，我就丟了東西，這麼巧，不是你偷的是誰偷的？」

「你黑白講！」他指著檳榔仔的臉孔大吼：「我根本沒拿你檳榔仔一針一線！」

「大聲什麼！」樟樹叔冷冷的插口：「大聲就表示你沒偷，是不？」

「你！」他忿怒的對著樟樹叔嚷道：「你和他檳榔仔，你們兩個人串通好來訛我，想叫我滾蛋。告訴你，辦不到！你斟酌聽著，辦不到！」

「阿福伯哥？」樟樹叔的話像把匕首狠狠插入他的心臟：「他會誣賴你嗎？」

「阿福伯，你聽信他們的話嗎？」他說，顫抖的：「我沒偷，阿福伯，我是冤枉

的。」

「老鼠仔，你早起到蜈蚣鎮是幹什麼？你老實講。」阿福伯問道。

「我去找農會主任！」他叫道，瘋狂的衝進房間內，拿起擱在床頭的文件，再衝回廳裡。「吶，你們拿去看，這就是要借我錢的文件。」

「就算你是借錢吧，還有呢？」樟樹仔瞧也不瞧，悠閒的掏出根香煙，叼在嘴上，火柴棒一劃，點燃了。

「沒有了，我什麼也沒做。」他喃喃的說：「我不騙你們，我沒偷，眞的，我沒偷。」

「哼，空口說白話，」檳榔仔怒道：「你老鼠仔張有幾斤重，我還不清楚嗎？」

「老鼠仔張，你眞未偷？」樟樹叔問道，嘴角浮起一陣冷冰冰的笑意。

「沒偷，眞的，我沒偷。」他軟弱的說。我已經累了，好累，爲什麼你們不相信我呢？

「阿福仔哥。」

樟樹叔拋了個眼色給阿福伯。村長點點頭。

下一秒鐘，他錯愕的看著樟樹叔結實有力的拳頭在燈下朝他飛來。一陣劇痛倏的由小臉邊速擴展至全身，他的嘴乾嘔著，發出了嗚嗚彷彿貓哭似的怪聲，人踉蹌的退了幾步。他猶來不及喘口氣，一連串的拳打腳踢已將他捲入風吹雨打的漩渦中了。

# 八

「檳榔仔，找到麼？」樟樹叔的聲音在他的耳邊響起。

「沒有，他娘的，誰知道這小子藏哪兒去了？」

他趴在地上，困難的極力睜開受傷了的眼睛。阿福伯坐在一張圓凳上，他眼前，顛倒的。他甩了甩頭，抽痛的感覺使他呻吟了一聲。他看著：顛倒的阿福伯的笑姿轉正了。他費力的嚥下摻血的口水，舌頭舔著門牙脫落的齒床，空空的。

「我早早就知嘛，不可能藏在厝裡，這隻老鼠仔！」

樟樹叔說完，走過來照他就是一腳，他翻了過來，燈光下，一臉血污。他睜開眼瞪著彰樹叔。

「老鼠仔，金戒子你拿哪兒去？」樟樹叔問。

「我沒拿。」他說，語焉不詳的。

「你的皮又癢了嗎？」樟樹叔笑道。

「我的戒子你是不是送進當舖了？」檳榔仔問，一想起花一季稻米打來的金戒指就如此白白捨了，心裡著實冒火。

「沒有，我壓根就沒拿。」

「幹，你還騙人！」檳榔仔氣得踢過去一腳。

他悶哼一聲。

「講吧，老鼠仔，」阿福伯說：「村子除了你，就無人會偷東西了。」

「可是，」他說：「可是我沒偷呀。」

「老鼠仔張，你可眞鐵齒。」樟樹叔冷笑。叼著的香煙冒一縷青煙，這是第四支了。

他吃力的望著樟樹叔。爲什麼？爲什麼你們這樣待我呢？

「講吧，金戒子藏在哪兒？」樟樹叔問。

他不說話。

「樟樹叔，不要再和伊嚕囌了，他很有意思要吃你的拳頭呢，讓伊品品味。」檳榔仔恨聲說道。

「拖他起來。」樟樹叔吩咐說，微笑道，信手摘下香煙，朝後一扔。香煙在空中劃出一到美麗的弧，宛如一顆焚燒的流星飛落在廟角落的一堆乾枯的草茵上。

檳榔仔依言拖起他，他沒有掙扎，他已無力了。

「老鼠仔。你知道嗎？你實在不該轉來的。你要是到別所在，今晏的事也就不會發生了。」

## 九

他緩緩朝前栽倒下去。

地是冰涼的，但他感覺不到了。

暈黃的燈光下，他躺在昏眩的烏黯裡。

「眞沒路用！」檳榔仔不屑道：「敢偷，還經不起打。」

「哼，死好！」樟樹叔說，手插進左褲袋內，觸至那顆金黃而冰涼可愛的東西。嘿，老鼠仔張，活該你要撞在我手裡，這回非叫你死出去不可了吧。本來想栽你贓的，不過，這多値錢呀，還給檳榔仔這凍霜鬼太可惜了，横直他死認定是你拿的，那就省了

這道物歸原主的手續吧。」

「幹，我的金戒子就這麼白白扔了嗎？」

「哪有辦法，老鼠仔咬住了東西，還會鬆嘴！」樟樹叔莫可奈何的說道。

「伊娘哩，這豬哥生的，眞想活活打死他！」檳榔仔下死勁的踹著昏過去的青年的臀部。

「走回厝去吧。」阿福伯這位龜腳村的村長終於站起來說。

「阿福仔哥，明早你一定得趕走他。」

「當然，樟樹仔。」

「幹，我的金戒子！」

「嗄，你這檳榔仔是眞十二月天睏厝裡，夠凍霜啦。」樟樹叔不耐的說：「誰叫你藏不好，叫老鼠仔嗅到了，他還不呑啊！」

「伊娘哩，眞是給鬼幹到咧，如果不讓老鼠仔轉來就沒事啦。」

說著，三人走出去。

屋內，又恢復了先前的靜寂。

暈黃的燈光，倒在地上的人。

靜。

空氣中飄浮著一股脹得人胸口難受的味道，那是作生火用的草茵味。

久久。

廳角落那堆乾枯的草茵上，有青煙冒出。

一縷，兩縷，三縷，裊裊而升。

那支被拋棄了的香煙。

驀地，一朵耀麗的火花吐了開來，劈劈啪啪。

火。

## 十

「火燒厝啦！火燒厝啦！」外面有人大嚷。

迷迷糊糊的，他醒了。煙，到處都瀰漫著濃煙。他給嗆得咳起來。火劈哩啪啦的啃著四牆，劈哩啪啦。他揉著叫煙熏出淚水的目珠。媽的，他們想燒死我呢。試圖站起來，一陣劇疼鞭打過來，身子一軟，他又倒下去。不行，我得站起，不能這樣活活被燒

成黑炭。

「害啦，老鼠仔沒逃出哪。」有人在外面嚷道。

「你怎知，快找老鼠仔！老鼠仔！」

「老鼠仔！」

我在裡頭呢，他坐在地上喃喃語著。火烘烘的在他耳邊噱笑著。

「快點，潑水！大家拿水潑呀！」阿福伯扯著嗓子大吼。

「鬼咧，火是怎麼燒起來的？」

「喂，你到哪兒？檳榔仔，你這個傻瓜！你不能衝進去，火燒得那麼大。」

「不行啦，老鼠仔還在裡面，他會給火燒死的。」

「抓住他，抓住他，這個戇人！」

火燒得好大，轟轟轟，照得天空一片通紅，五公里外的蜈蚣鎮都可瞧見。

屋裡。

他再度跌倒了。完了，他悲哀的想著，我站不起來了。他用力揉著熏得快睜不開的眼睛。咳咳，他大聲咳著。不行，我得出去，得爬出去，得衝出去。

他在地上爬著，一點一點。火像是千萬條渾身通紅的毒蛇在他的四周咻咻怪叫著。

我得出去，我不能讓你們燒死我，我得出去！他叫道。

轟隆，焚燒著的屋頂鬼嚎著坍了下去，阿來伯的老厝化成一團巨火熊熊燒著。曬穀場上，村民全都定定的呆住了，每雙瞳眸裡全都映顯著火舌亂舞的妖響。

原載「中外文學」第二卷第一期，中華民國六十二年六月一日



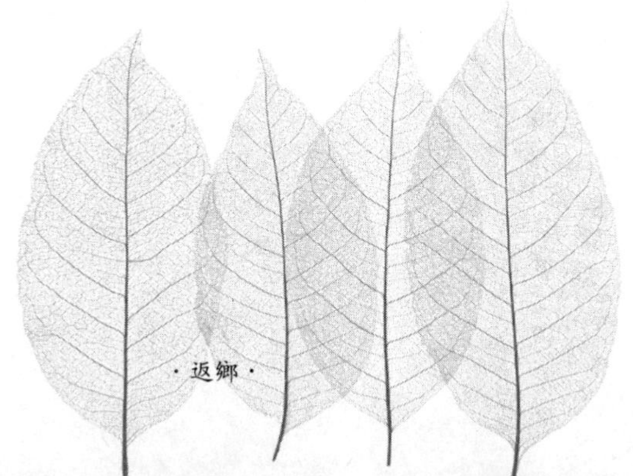

台灣
本地作家
短篇小說選

附錄一

# 論王禎和的「嫁粧一牛車」

姚一葦

年初「文學季刊」的朋友們到姚一葦先生家拜年，同時聽他評論王禎和在「文學季刊」第四期的小說「嫁粧一牛車」。這篇小說刊出之後，在此間的文藝界中頗成爲話題。姚一葦先生以他獨到的理論和方法，做了分析評論，在「文學季刊」走向更具建設的道路而開始作進一步的革新之時，登載這一篇評論當代青年作家的作品的談話，當然具有十分積極的意義。

## 1 聲明

在開始討論這篇小說之前，先有幾句話的聲明。第一，我討論這篇小說的態度，和討論文學世界中一切古典作品（包括現代的古典作品）一樣，採取嚴肅的方法和態度；

第二，在這個討論裡頭，我主要的目的，在於探討「作者如何去表現」，即表現的形式和方法問題，以及「作者表現了什麼」，即作者所表現的內容問題。換言之，只作分析的工作，而不作價值上的定位。

## 2 關於結構

就結構上來說這篇小說採取了相當正統的方式。這個故事，是由主人翁萬發走進一家料理店，想要「吃頓嶄底」（吃頓好的）開始。到了最後一段，店裡另外一些「打桌圍的」人們付鈔離去，而萬發估量時間尚早，就再叫一客「當歸鴨」吃。故事就到這兒爲止。故事表面進行的時間，就只在這麼一截短暫的時間。故事中其餘的部份，是屬於記憶中的往事，穿插在這表面進行的時間裡來，而故事中這段過去的事件才構成小說的主體部份。在這個部份，時間延續了相當一段過程，其間時間的截取，又表現了一個十分完整的動作（a complete action），亦即具現了一個完整的「情節」（a complete plot）。這樣，整個故事的動作，有儼然的「開始」、「中間」和「結束」等三個段落和部份。因此，這篇小說的結構，是採取了相當古典的形式，符合亞里士多德的觀念。

# 3 動作的分析

方才說過，這個小說中的「動作」，是由「開始」、「中間」和「結束」等三個部份構成的。從小說裡看來，故事應該從「萬發」娶了「阿好」的時間開始的。結婚後的「萬發」，經過了一連串敗北，直淪落到住在荒墳墓邊的一軒草寮，而穿著每晚得脫下來洗的唯一的汗衫這麼赤貧的地步。作者介紹了「萬發」的環境之後，一個外鄉來的「鹿港仔」——「姓簡的」便登了場，故事便開始了。這是「動作」中「起始」的部份。

這個「鹿港仔」登場以後，和「萬發」之間，就發生了一系列的衝突(conflicts)，這些「衝突」又經過了十分多樣的、微妙的、複雜的變化。「鹿港仔」和「萬發」合而至於分，分而又合：一直到「萬發」鋃鐺入獄。這一段，是動作的「中間」部份。

「萬發」終於出獄，而至於獲得了他的「嫁粧一牛車」，這是動作的「結束」部份。不須指出：這種結束，「和解」(compromise)式的結束。是一個道道地地的結束。在和解式的結束裡，再也沒法增添一點什麼；任何加添的東西，都不能屬於這一系

列的動作裡頭去的。

總而言之，這篇小說有一個完整的動作，相應於這個完整的動作，就具現了一個完整的情節，形成一個完整的結構，屬於一個正統的結構的形式，某一些小說的巨匠，如莫泊桑，多半採取了這種結構的形式。

## 4 人物論

「萬發」這人物，正就是通過這一個完整的動作、通過這個完整的情節進行，而活生生地表現了出來的。關於萬發這個人物，可以從三個方面來討論：

首先要指出的，是「萬發」這個人物一方面是悲劇底，而另一方面又是喜劇底。換句話說，「萬發」這個人物，同時具有悲劇和喜劇的性質。先從他的悲劇性說起：這篇小說所採用的題材，是一個悲劇性的題材。他的生命，充滿了各式各樣的痛苦、患難、屈辱和敗北。他是個悲劇性的人物。

然而「萬發」的悲劇，是由他自身以外的境遇環境、或命運所造成的，而不是由他自己的性格所造成的。境遇和命運之間的差距，有時很大，卻也有很相近的時候，作者爲「萬發」安排了一連串悲劇的肇因：他種過「肺炎草」，卻被大水沖走了；他在河裡洗澡的時候，污水流入他的耳朵，他又找不到一個好大夫，卻被一個婦科醫生把他的耳朵治成「八分聾」；他娶了一個嗜賭如命的「阿好」；在他出獄以後，他的牛車又撞了人……「萬發」終於悲嘆地說，他的這一切厄運，大約是因爲「前世倒了太多的帳」的報應。縱觀這一切致使他淪落到極端貧困的原因，沒有一項是因爲他自己的某些特殊的性格所致的，而這個悲劇性，卻是這個人物的一面。

在另一面，我們在故事的結尾看到這個人物的喜劇性。我們說過，這個故事以「和解」的方式做了結束。而「和解」，是喜劇底（comic）的。舉童話的結束來說：在童話裡，總是以這樣的一句話結束的：「他們從此過著非常幸福的生活。」這就是一個和解的結局。對於這樣的結局，你能再加入什麼？要求什麼呢？不能。「萬發」和其他的人一樣。「萬發」得到了他夢寐以求的牛車，（而阿好和「鹿港仔」也得到他們要得著的）。雖然，萬發以那樣的方式、那樣的代價去取得他的牛車——即他所賴以生活的工具，心中卻不無一點遺憾的陰影，使得這個和解至少顯得並不十分圓滿罷。然而，「萬發」卻又絲毫沒法子不去接受這個喜劇式的、和解的結尾。這樣，這個故事不但是「萬發」底悲劇，也同時又是「萬發」的喜劇，悲劇性和喜劇性，便這樣相互揉結起來。

其次要指出的，是「萬發」這個人物一方面是單純的，卻同時是複雜的。換句話說，「萬發」這樣一個人物，一方面具有廣大的普遍性，同時又具有特殊的個別性。廣大的普遍性使他顯得單純，而特殊的個別性又使他顯得複雜。方才曾說過「萬發」的貧困，他的一切生活上的敗北，都是來自環境和命運。這樣一來，「萬發」便成爲一個「環境」或「命運」這個龐大而不可抵抗的勢力所播弄下的極其卑弱渺小的人物。這樣的典型，尤其在現代人的世界裡，幾乎俯拾皆是，因而使他的性格具有十分廣大的普遍性，也就因而使他成爲一個簡單而渺小的小人物的化身。但是，說他的性格在龐大的「命運」或「環境」之前顯得微不足道，顯得無助則可，卻不能說他完全沒有他自身的性格的。因此，我們也就在另外一方面看見他如何在接受他的和解的命運之前，曾經做了多少悲壯的掙扎、奮鬥和抵抗！我們不能不說他是一個具有相當的耐性和毅力的人，這個我們只要看他如何耐心監守他那偷情的妻子就曉得了，看他如何控制「老五」的工錢；看他如何揍人家賣醬菜的、如何趕跑他的情敵「鹿港仔」，看他如何想要一輛牛車，就愈明白「萬發」又是怎樣的一個也頗工心計，富有野心的人物。凡此種種，都顯示出「萬發」這個人自有他的性格……複雜而特殊的一面，儘管這些性格在對於他簡直是冷漠。殘酷而不可抗拒的「環境」和「命運」之前，又顯得何其脆弱，何其卑微，卻不妨害使他擁有成爲一個「悲劇英雄」(tragic hero) 的某種氣質。萬發是不易就範的，他盡了他最大的努力和「命運」、和「環境」做了抵抗。這樣，「萬發」便同時具備了普遍的、單純的和特殊的、相當複雜的二重性。

最後要指出的，是「萬發」這麼一個人物，是眞實的同時又是抽象的。要說明這一點，好最先從他的「對手」——「鹿港仔」說起。一個細心的讀者一定會發現：在這個故事裡的「鹿港仔」，一直都是藉著耳聾的「萬發」的眼睛和感受所浮現出來的人物。所以，「鹿港仔」只爲我們留下他的形象、他的樣子，他的味道（狐臭），卻從不具聲音，被這樣地表現出來的人物，我們就當然看不見他的思想，他的計劃，和他的意志。意志的活動，是戲劇中相當重要的一個因素，在小說裡也是一樣的。然而我們這個「鹿港仔」，便是這樣一個只具形駭，體臭而不見其意志的存在，而且確乎又是一個存在。

這樣的一種存在，當然就超出了世俗的邏輯範圍。換句話說，世俗的邏輯，是無由去了解這樣的一個存在的，因爲它自有它本身的邏輯。因此，我們也大可不必像村人那樣納罕，那樣奇異地議論他。

不講假的，阿好至少比那衣販子多上十根指頭的歲數，都可以做他的娘啦！要有個人模樣倒也罷了。偏——哼！阿好豬八嫂一位，瘦得沒四兩重，嘴巴有屎哈坑大，呵！胸坎一塊洗衣板的，壓著不會嫌辛苦嗎？就不知道那個鹿港憨中意她哪一地處？」村裡頭底人都這等樣地狎論得紛紛。

因此，這個姓簡的「鹿港仔」，自有他的不屬於世俗底邏輯。對於「萬發」，這個在另外的邏輯裡的「鹿港仔」，簡直是一種和人相對峙的「勢力」(power)，而且，我們幾乎可以說，它是某一種邪惡的——至少與萬發相對立的——勢力；一種邪惡或有害的神祇。這麼一來，這個「鹿港仔」便具有了某種象徵性，象徵著諸般與「人」相對，威脅他的，使他們爲之無計可施，無可奈何的勢力。

而也就是「萬發」和這個象徵的——超出這現實世界底邏輯的——勢力相對峙的那個片刻，正由於他所對抗的一個抽象、象徵的勢力，「萬發」也便同時具有了抽象底意義，而就作爲一個在「勢力」播弄下的人的「萬發」，便又具有眞實以外的象徵性。

以上我們分析了這篇小說結構，分析了它底動作，最後又分析了動作通過以表現出來的人物，這樣，我們便可能通過這通盤的結構、動作和人物來更進一步探討王禎和在這個故事裡表現出來的意念或思想。

## 5 意念

要探索寓寄在這篇小說中的意念，進一步研究它的結束的方式，是相當重要的。我們都曉得一個故事有好幾種結束的方式。然而，王禎和採取的是和解的方式。這種和解的結尾，便具有了十分複雜的意義。我們看見「萬發」怎樣地和他的敵人——「姓簡的」「鹿港仔」——作了千方百計的抵抗。不惜使用武力、處心積慮地偵察，並且一度驅逐了他。然而到了結尾，他無可奈何地同這樣一個針鋒相對的敵人做了和解。這樣的扭轉，是一種完全的扭轉，使兩個方面完全相反的極端合而為一，形成了尖銳的對比。對比必然產生嘲弄（irony），赤貧如洗的「萬發」，最大的願望是去獲得一輛牛車。而到頭來這夢寐以求的牛車，竟是在承認了他奮力抵抗過來的「鹿港仔」和自己的妻子之間的曖昧。而終於如願以償，這是怎樣的一種嘲弄！

是的。這是一種什麼樣的嘲弄呢。這個揶揄和嘲弄的口舌，是一片片地由整個故事底動作裡建立起來的，具有微妙而複雜的樣式，首先，它是對於「萬發」這麼一個小人物的嘲弄。到後來，作者在我們未曾知覺之前，已經對於我們這樣的人生做了毫不留情的嘲弄——人的尊嚴，人的努力，在那巨大的、無可戰勝的諸般勢力之前，是何其渺小何其脆弱！對於這樣的一個事實，王禎和可謂極盡嘲弄和揶揄底能事，乍然一看，在這個嘲弄時，幾乎到了冷酷無情的地步。

然而，這種冷漠的嘲弄，正是王禎和狡黠之處。他在一個極易被人忽略的地方，安排了一個破綻，只讓那些細心的讀者去窺探他的感情。我是從他所引的一句話裡得到一個註腳：

There are moments in our
Life when even Schubert has
Nothing to say to us

Henry James, "The Portrait of a Lady"

——生命裡總也有甚至修伯特
都會無聲以對底時候……

這句話，是非常細緻，非常曖昧的要孤立地去解釋它，本就十分困難，而若要以之解釋這篇小說，也不能不說是一個大膽的事，可是，倘若我們從整個故事動作底發展上去看，則未嘗不是一個極好的，關鍵性的註解。現在讓我們來試試看：

我們認爲「無聲」的第一個層次，可以說是指著「萬發」不幸的耳聾罷。其次，如果說「甚至修伯特都會無聲以對時候」，是一個「境」，則通過整個故事的動作去看，這所指的該是一種何等無可奈何之「境」，（至少它不會是一個快樂的，令人愉快的「境」，而是一個苦惱的境。）在我們的人生之中，正多的是這樣無可奈何的無告處境。只有這個時候，我們才聽見作者自己的嘆息。也就在這個嘆息聲中，讓人窺見了作者的一份吝於爲人知道的同情，使那乍見之下如此冷漠的嘲弄中，有了一層沉痛的悲愁底感情。

於是，這樣的一種和解，也就失去了它底喜劇性了。王禎和藉著喜劇底樣式，吐露了某種基於死亡底悲哀，表現了他對於人生之中一些無可奈何的情境，一些無助的命運，一些長期的、無由排遣的苦難底痛苦。這等的痛楚，是大的。希臘人早就明白這一點。對於聰明的希臘人，死亡只是一種解脫，而未見得是最悲劇的。這也就是爲什麼希臘人使伊狄帕斯（Oedipus）王在歷經慘苦之後，自盲以度其殘生，而不讓他痛快地死去底緣故。至於，作者王禎和底寄意，便很明白了。

然而，把話說回來！我們要知道作者的這一份寄意是被他掩埋得多麼狡黠！他努力地把自己從作品裡超越出來，努力地把自己從他所創造的世界和人物裡擺開，把自己高高地擱在他自己的作品之上。使他成爲一個比較不受十九世紀底巨匠們影響的、一個理性型的作家。

## 6 表現的方法

王禎和在這篇小說中表現了什麼，我們已經討論過了。現在我們就他的表現方法，來看看他怎樣地表現了他的題材。

首先必須指出的，是王禎和使用了喜劇的方法來表現一個悲劇的題材。王禎和讓我們看見一個最渺小、最被忽視的人物，讓我們看見一種最卑下的生活，讓我們看見人生和世界之中最不爲人關心的小小的角落，讓我們看見一個人底生活中無可奈何的悲劇。這樣的悲劇，卻被用一種喜劇底形式表現了出來。用喜劇去表現悲劇，正是藝術中嘲弄所由產生底奧秘。

嘲弄的形成，在多樣的、複雜的藝術形式中，具有許多不同的方式，以喜劇的方式去表現悲劇，是這些方式之一。而喜劇底一個基本的要素，是卑抑（degradation）。即把人物貶低、卑抑到常人以下，我們一向慣於用自己的認識，自己的標準去衡量事物。因此，一旦站在被作者所卑抑底人生和人物之前，我們便相對地被抬高了。於是我們的同情沉默了下來，而油然興起一種嘲笑的情緒，卡德威爾（E. Caldwell）的「煙草路」（The Tobacco Road），也正是用這樣的方法，表現了一個極端悲慘的世界，細看王禎和怎樣從他的卑抑去製造一個喜劇的形式，可以發現這樣的三個層次：

第一，是人物外型底卑抑。在這個故事裡，每一個人物差不多都具有某種殘陋（deformity），而且這種殘陋，又差不多被諷畫似地表現了出來。例如「萬發」的耳聾；「阿好」的絲毫沒有女性氣息的醜陋；「鹿港仔」的狐臭；甚至於從「萬發」的眼中看見的每一個人物，莫不如是。

第二，是這個故事中底世界——尤其是「萬發」的世界——底極端後退和原始性。「萬發」和「阿好」的生活和他們的世界，不論在物質和精神的條件上，都被卑抑到最落後的，最原始境況裡。這種極端地被卑抑的人的世界，在許多時候，差不多接近了動物世界底邊緣。面對這麼樣的一個蟲豸和野獸似的人的世界，相形之下，我們便不能不油然地飄飄乎得意了起來，而至少在閱讀的那一剎那，沉默了我們的同情心，構成爲十分複雜的藝術上的嘲弄。

第三，是語言的卑抑。這一點十分明白，但我要留待下面來討論。

其次要指出的，是王禎和的模擬能力，是一個藝術工作者必須具備的最基本而必要底能力之一。一個藝術家具有模擬眞實底能力，他所創造的藝術底世界才開始有了被信服的可能性，模擬至少有這樣的兩個基礎：

第一個基礎是抒寫的能力。個人認爲，一個匠人與藝術家最大的區別便在這裡。一個匠人可以「依樣畫葫蘆」他描繪現實，這當中絲毫沒這特殊的、創造性的東西。所謂「抒寫」的能力，是指一個藝術家通過他的世界觀，他的人格，他的情感所顯露出來的客觀世界，照著他自己的解釋去表現。王禎和在這篇小說中爲我們展現的世界，是適應他所創造的「萬發」這個人物的眼睛底世界。這是一個整然的、特殊的世界，而不是機械地、拼拼湊湊而成的世界。這只要舉出一個例子，就明白了。「萬發」走進飲食店，看見——

「兩張桌子隔遠的地方，有四、五個村人在那裡在打桌圍，吆天喝地猜著拳。其中一個人斜視萬發。不知他張口說了什麼，其餘底人立時不叫拳了，軍訓動作那樣子齊一地掉頭注目禮著萬發，臉上神采卑夷得很過底，便沒有那一味軍訓嚴穆。又有一個開口說話，講畢大笑得整個人要折成兩段，染患了怪異底傳染病一般，其他底人跟著也哄笑得脫了人形。一位看起來很像頭比他鼓飽了氣的胸還大底，霍然手一伸警示大家聲小點，眼睛緊張地瞟到萬發這邊來。首先瞟眼萬發底直腰上來，一隻手搗自己底耳，誇張地歪嘴巴，歪得邪而狠……」

這一無聲的世界不屬於你我的，而是萬發眼睛中的世界。

第二個基礎是「選擇」的能力。一個匠人原原本本照著現實去描繪。但一個藝術家在從事現實模擬之時，他以自己的角度去看人生，在紛紜的事物中找出意義來。因此，他便懂得在複雜的人生和現實中，「選擇」他所要表現的，懂得有所取擷，也懂得有所捨去。一個藝術家爲我們創造的世界，便是經過他這樣地選擇、取捨和編排出來的。王禎和的這個選擇底能力，也可以舉出一個例子來了解。他是這樣去寫那個在故事中並不顯得重要的那個「賣醬菜底」：

「賣醬菜底……來時，總領隊過來一群紅頭蠅，嚶嚶趕驅不開，蹲在地下說笑時，

他一縫細底眼，老向寮内瞇瞭看，想鼠探點什麼可以傳笑出去。一臉刁鑽刻薄底形樣，身上老有散不完底醬缸味，很酸人耳目底。」

經過作者的選擇而表演出來的這麼一個「賣醬菜底」，已經活生生地連同他的形象、氣味和神態都呈現在我們的眼前了，甚至可以說活生生地自紙面走了出來。最後，關於王禎和在「嫁粧一牛車」這篇小說底表現方法上，有一個風格的問題可以談談。

要討論王禎和的風格，就不能不討論他的語言。可以這樣說：他的風格是建立在他的語言之上的。停筆許久的王禎和重新在「文學季刊」開始他的創作活動時，他的特殊的語言已成為一個話題。我以為，關於這篇小說的語言問題，可以分為三點來討論。

第一是方言的部份。這篇小說由於描寫了此間一個特殊的小小的世界，以及在這世界裡蠕動的人們，王禎和直接記錄，模擬他們的方言——即閩南語，茲舉數例：

『……伊娘，生雞蛋無，放雞屎有！……幹！臭耳郎一個！』（阿好）

『幹伊娘，給你爸滾出去，給伊祖公，我飼老鼠咬布袋，幹！幹伊祖公呵！向天公

借膽了啦！』（萬發）

『幹——沒家沒眷，羅漢腳一個，鹿港仔，說話咿咿哦哦，簡直在講俄羅！伊娘的，我還以爲會有一個女人伴來！』（阿好！）

『定到料理店呷頓嶄底。』

『三不五時地，阿好也造訪姓簡底寮。』

第二：但是，如果說王禎和的這篇小說是用方言寫成的，或是什麼鄉土文學，也未必就是對的。事實上，除了一些直接記錄和模擬的方言以外，這篇小說中，還有一大部份的語言，是王禎和刻意杜造，蓄意錘鍊的語言。他利用了中國字的特殊的外形和含義，尤其是兩個不同的字形和字意聯用起來時給予作者的感受，來精確地表達——至少對於作者而言是刻意求表達之精確的——作者的意思。可以說：爲了追求某種弦外之音（nuance）作者有意地建築他自己的句法和語辭，形成一種矯飾造作的語言。茲舉幾個例：

「消息攻進耳城來底當初，他惑慌得了不得，也難怪，以前就沒有機緣碰上這樣

——這樣——底事！之後，心中有一種奇異的驚喜氾濫著，總嘎嗟阿好醜得不便再醜底醜，垮陋他一生命底；居然現在還有人與她暗暗偷偷地交好——而且是比她年少底。到底阿好還是醜得不簡單啊！復之後，微妙地憎恨著姓簡底來了，且也同時醒記上那股他得天獨厚的腋狐味。姓簡底太挫傷了他的業已無力了底雄心呵！再之後，臉上騰閃殺氣來，拿賊見贓，捉奸成雙，簡底你等著吧，復再之後，錯聽了吧，也或許沒有這樣底一宗情事，也許眞地錯聽了；阿好和姓簡底一些忌嫌都不避，談笑自若，在他眼前。也或許他們作假著確不知道有流言如是，驟然間兩地隔斷，停有關係，便會引人疑心到必定首尾莫有乾淨底。心内山起山落得此等，萬發對簡姓鹿港人並無什麼火爆的抗議，乃至革命發起。僅是再不臻往簡底宿寮内雜閒天、雅天著。」

「煙裡霧裡，阿好和簡姓底鹿港人比手兼劃腳，嘴開復嘴合，不知情道什麼說什麼來？彷彿覷聽著一對鬼男女心毗鄰著心交談……」

「起初挖賣地瓜勉力三分之二弱地飽了個時期。到地瓜掘一空了，翻山穿野尋採姑婆葉底時刻，二分之一飽而已了。還給平日專採姑婆葉存私房底村姑婆娘們作賤得人都成扁底。……」

這篇小說中語言問題的第三個層次。是所謂「嘲弄的語言」。但作者所表現出來的這一語言的嘲弄的方式，不禁使我想起十九世紀德國浪漫派著名文學理論家薛理格(Friderich Schelegel)所謂的「浪漫的嘲弄」(romantic irony)一詞。什麼叫做「浪漫的嘲弄」呢?照薛理格的說法，是說「作者飛翔在他的作品之上，而突然將自己投入作品之中，使讀者驚駭。」他的理論，給予後世的影響，特別是超現實主義的文學觀，有相當的影響，我現在把它借用到這裡來說明王禎和言語的嘲弄的方式，例如：

「阿好傳簡底話到萬發耳裡，每個字都用心秤稱過，一兩不少，一錢不多，外交官發表公報時相仿。」

「萬發忽然感到陳在前面底眼生得應付不過來，彷彿人家第一天上班底情形，尤其是洋機關。」

「每句底句首差不多押了雄渾渾底頭韻，聽起來頗能提神醒腦，像萬金油塗進眼裡一樣。」這樣的描寫，諸如「外交官發表公報」，第一天在「洋機關」「上班」，「句首」，「雄渾渾底頭韻」云云，都不屬於這篇故事裡的世界。而是明顯地屬於作者王禎

和的。足以說明在這樣嘲謔的場合，作者突然「投入」他的作品中，對我齜牙而笑。也就在這個時刻，使我們同時感到作者一向是如何高高地「飛翔」在他的「作品之上」的。也由於這樣的所謂語言底嘲弄，使我們看見作者一直都高高地超乎他的作品；他和他的作品之間，有一道冷漠的、理智底鴻溝，作品的世界，一直都被作家那麼完全地牽領著走。這種超離，大大地破壞了所謂眞實底幻覺，也尤其加深了嘲弄、揶揄底尖刻性，使作者的一份情懷，愛和同情，也爲之噤然沉默了。

以上，我已試著王禎和在「嫁粧一牛車」分析他表達了什麼，以及如何表達底問題，從小說的結構、人物論、意念、表現方法和整個小說的風格即語言問題，按著我自己的批評理論和方法，做了簡要的分析，然而在結束之前，我願意附帶提出兩點，提供給大家作個參考：第一，就是方言在小說中的使用問題。我個人對方言在小說中底使用，並沒有任何特殊底成見。但是，就一般而言，方言底使用，是有它底某種限制的。超過了這個限制，則對於大多數不懂得某種特殊方言的讀者，便立刻發生了交通上的困難。一篇小說，如是單單因爲語言上的阻礙而失去了讀者，實在是十分可惜的。關於新句法，新辭彙底杜造的問題，我想，大約也可以作如是觀；第二，就是關於語言底嘲弄，無疑是一個文學上的技巧，所謂運用之妙，存乎一心。然而，倘若用得不十分妥當，恐怕也同樣構成表達上的一個問題。至少，在過份的揶揄中，窒息了作者的某種非常「人間底」（humane）的東西，則毫釐之間，結果又眞不可以道里計了。

（筆記：許南村。原載「文學季刊」第六期，一九五七年二月十五日）

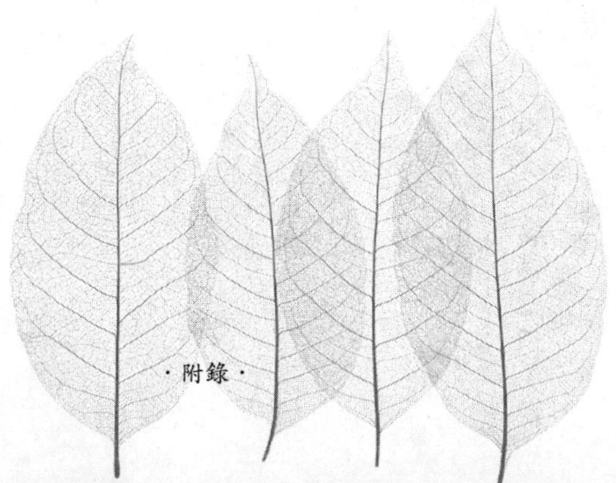

# 附錄二

## 隱遁的小角色
### ——談七等生

尉天驄

七等生不僅名字給人以怪異的感覺，他的生活更給人不穩定的印象。他幾乎沒有辦法在某一點上固定下來，即使生活把他放逐到深山裡去（他曾經生活在高山裡），他仍然是那副任性的樣子。好像他沒有想過身邊還有別的人，還有等因奉此，還有鞠躬作揖、禮尚往來；就連文字，他似乎也沒想過有什麼章法存在。對他來說，墓碑只是石頭，鐘鼎只是破銅爛鐵，文字只是符號。他就那樣七等生地生活著，即使別人不讓他滾蛋，他也會自己滾蛋。

於是，在這兩種滾蛋之下，失業便成了他的職業。

於是，七等生就只好在生活中成了隱遁的小角色。他隱於嘲弄、白眼、屈辱之中，他仍然活著，不去吶喊，不去抗議，不去把痰吐在別人臉上。

他只依照自己所選定的方式生活著。但，我們的社會往往不容忍這樣的方式。我們的社會太講「禮」了，不僅做人要循規蹈矩，就是作文也要遵守一定的章法；即使那些規矩和章法已經僵化得失去了原有的意義，它所顯示的姿勢仍然是那樣的神聖不可侵犯。我們可以看到一種現象：有一種人，不管他年輕甚至老年的時候多麼不守規矩，只要他有了地位，成爲什麼模範青年選拔委員一類的人物，有機會高踞台上發言，就會毫不遲疑地祭起那些連自己也不信服的規矩和章法出來，以固定的模型把人塑造成固定的形象。多少年之後，這些塑造出來的新形象繼之而起，又會以同樣的模型再塑造同樣的形象。一些所謂的「道統」之引導人們日趨虛僞者，大多因爲這個緣故。所以，在亂世中我們雖不至於遭到亡國的命運，卻可由這種「立財」發展而來的「立德」「立言」造成顧炎武所謂的「亡天下」。這實在是件可痛心的事。

就如此，在社會一般「正人君子」的眼光裡，七等生成了一個不及格的「學生」，這不僅因爲他的文章不守章法，也由於他筆下的人物大多不守規矩。這些人物（如「放生鼠」中的羅武格、「精神病患」中的賴哲森、「隱遁的小角色」中的亞茲別、「我愛黑眼珠」中的李龍第），都像剛長成的小樹一樣充滿了生命力，而這生命力眞實的一面，表現出來就是愛慾、狂傲以及由此而產生的卑下和自私。又由於園藝家們慣把小樹修剪成各種形狀，於是這些人物便也像小樹一樣，在無法鬥得過銳利刀斧時，便只好把生命力匯成根球向地下生長了。這樣，他們一個一個跟七等生一樣在這社會上成了隱遁的小角色。如果藝術是苦悶的象徵，那麼透過這些人物的剖白，也許我們可以領略的不是那種「怪僻行爲」而是在其中所流露的那一份眞摯了；即使那裡充滿了自私，帶給我們的，卻是一番坦誠！

七等生便是這樣一個角色，一個自私而又不自私的傢伙。

一九七〇年十一月

## 附錄三

# 所謂婦女文學
## ——讀施叔青的「約伯的末裔」

尉天驄

在中國，女人所受的約束是遠超過男人的。不僅在肉體上他們要忍受纏足一類的痛苦，在精神上亦同樣受到很多限制。雖然，近代的婦女運動已經有眾多標語口號打進女人的心中，但那種男女平等說起來是很可笑的。因此，那些所謂新的女性們，不是做起一副閨秀狀，表明自己是十足的女人，就是一派太妹像，表示不服男人「作狀」的姿態，使得女人只能獲得一種男人眼中的平等，永遠無法做一個眞正的女性。

在文學界，情形也是一樣的，而所謂「婦女文學」，不是扭扭捏捏的閨秀派，便是大膽驚人的「新潮派」，所以我們的文藝圈常一窩蜂的捧一位「才女」，把她視爲李清照再世，莎弗重生。要不然，如果有哪一位女人敢於在作品中講幾句粗話，也爲被大家視爲「現代」，稱之爲中國的莎岡。在這種男人的「意淫」姿態下，如果有婦女文學的

話，那也蒼白、粗俗得令人難受。所以談男女平等，談婦女文學，首先要做的，實在是女人自覺，唯有女人不以女人自居、自炫、自卑時，才能在眞誠中發掘眞正的婦女文學。

施叔青的作品是這樣開始的，所以她有令人驚喜的一面。她是台灣省彰化縣人，她所生長的鹿港是一個帶有濃厚傳統色彩的大鎭，而在大學裡她唸的是外文，對於西洋的作品又時常接觸。我們盼望這兩種文化，能夠促使施叔青成爲一個眞正的、獨立的女性。目前，施叔青正處於一個値得「捧」的年齡，她願無視這些，而眞正發掘自我，否則這本「約伯的末裔」也就成了我們文壇的一朵曇花，那實在是我們最不願看到的。勉哉：施叔青。

一九六九年十月

**附註：**

意淫之爲害大矣哉！因爲它會使人產生不公平的思想。因爲意淫，有些編輯選稿時，便會女性作者優先，尤其漂亮女性，更是被胡亂瞎捧。其他各種行爲的意淫也是如此，這些往往便謀殺了一些有前途的青年。

# 附錄四

## 受屈辱的一群
### ——對黃春明小說的印象

尉天驄

在屠格涅夫一篇叫做「菜羹」的散文裡，寫著一個死了兒子的貧窮農婦，在出殯的那天，竟然「從一個黝黑的土盆底裡舀起那種稀薄的菜羹，一勺一勺地吞嚥著。」「天哪！」看到這幅景象，她的女莊主不禁感嘆：「處在這種光景，她還能吃下飯去……她們這些人眞的有著怎樣魯鈍的感覺呀！」

我們不必對她的感嘆吃驚，因爲對於一個爲了減除死了女兒的悲傷而曾經把整個夏天消磨在都市的貴婦人來說，她是很難懂得那一點菜羹所含的意義的；就像一個不曾在生活的艱苦中打過滾的人，總會想像著任何困難的事都可以死作爲解脫；於是碰到自己認爲不體面的境遇，而有人竟然能夠賴著臉皮活下去的時候，就會止不住要用「感覺魯鈍」，「不知羞恥」一類的話來批評他們。

黃春明筆下的人物幾乎都是一些卑微的小角色，他們既沒有豐功偉績，也很少有雄心壯志，他們只是「死皮賴臉」地在掙扎中過活，像小丑一樣忍受嘲笑和屈辱。如果我們不斤斤於某些「寧爲玉碎，不爲瓦全」一類的門面話，則透過那種屈辱將可看到另一種堅毅的情操和力量。就好像我們一旦發現一些做爲父母的爲了子女而忍受生活上的種種痛苦一樣，當此之時，那些小丑一般的行爲，也就較之正面的英雄好漢貞婦烈女，更令人感到悲壯了。黃春明說過：「當我回過頭去觀看中華民族的歷史的時候，最令我感動的，不是那些帝王將相，仁人志士，而是那些沒沒無聞的小人物；他們無視人們的嘲笑，不想在歷史上佔有地位，他們只是一步步地走著，用種種方式讓自己的子孫一代一代活下去。我愈讀著中國的貧窮也就愈加爲這種不可磨滅的力量震撼著。」而他的小說中的人物也大都如此地生活著：妓女的梅子在她的孩子身上獲得了人的意義（「看海的日子」）；坤樹爲了兒子，每天在抹著白粉的廣告臉上流著淚水（「兒子的大玩偶」）；憨欽爲了生活，也用他的破鑼一步一步掙扎下去（「鑼」）。這些人物都像壓在大石塊下的種子一樣，也發芽，也茁壯，而且有時表現得頗爲「自在」，但是如果我們能夠透過這種「自在」見出其中的辛酸，也許就能從他們身上見出另一形式的悲劇性了。又假如我們不否認「天地之大德曰生」這一觀念的話，則這種忍受屈辱，一代一代「活」下去，「闖」下去的精神，便成了一種永遠不可磨滅的倫理基礎，而也只有在這種磐石上，一個民族才能生生不息地發展下去。

一九七一年九月

# 附錄五

## 木柵書簡

尉天驄

紹銘兄：

大函收到，知道你編的「台灣本地作家短篇小說選」即將出版，要我表示一下意見。其實，你的序文已經寫得非常詳盡，用不著我再說些什麼話。現在，我只把一點感想寫出來，向你請教。

說到台灣的本地作家，一般人也許會馬上聯想到鄉土文學。我覺得這一點亦不重要，最重要的是要看他們能不能透過鄉土的題材，表現出你所說的那個「愛憎感」。如果可以達成這一點，我覺得不用鄉土題材是無所謂的。

爲什麼大多數在台灣的大陸作家對現實沒強烈的「愛憎感」呢？我想這亦不僅僅由他們「客居」於台灣，成爲「沒有根的一代」；而是他們把生活從整個現實世界游離出來，無從付出自己的關心。這就像以前躲在租界地或學院中的那些作家一樣，雖然也寫出作品，實際上大多是不同形式的自我感傷而已。對於張愛玲，我多多少少就有這種感覺；這恐怕也就是她在「傳奇」序上所以流露著徬徨無著的緣故吧！同樣的，我們也許可以了解到這二十多年來，爲什麼一些大陸來的作家喜歡把作品的題材拉回到與現實無關的時空去，而讓自己躲在煙雨濛濛之中了。不僅如此，就是一些台灣本地的作家也有著同樣的情形；我們只要看一看那幾位出了國的台灣作家，在游離中如何玩弄著新古典和超現實的文字遊戲，就會有個清晰的概念了。這不僅是一些在台灣的大陸和本地作家的現象，也是中國知識分子一貫的悲劇。關於這個問題，我想借用「現代文學第四十五期戴蘅軍先生的一段文字作爲說明。他說：

「自從養士的古風顯得越來越不切實際，而科學滲入農村社會以後，士人已經由種種原因，被迫或被誘，離開了他們曾一度生根於斯土的鄉國，來到一個不再有權勢護佑而實際是彼此利用和依賴的社會上漂泊流浪。當知識增進以後，就和素樸簡單的古老傳統生出齟齬來，而來到社會上卻成了無用之才。再回鄉村故土既不可能，於是他們便無休止的流浪漂泊，一世紀又一世紀的。追求虛飾無用的知識的結果，是以整個失去了人生方向……無止境地在忍受喪失信念、被棄置、和流浪度日的生涯；既不斷然反抗現實也不完全棄絕現實。主要因爲他們中間一部分人物亦沒有足夠的道德意識，來從事嚴肅的選擇；而另一部分則遁入儒家的容忍，和道家逍遙這兩條現有的路子上來。但無論如何，這亦不表示個人對生存意義的尋求已得到了眞切的答案。」

既然對於生存意義的尋求找不到方向，因此他們就無法在人世中有所肯定，而建立起個人的信仰。所以，他們面對一個不如意的處境，不是哀傷（「人生不滿百，常懷千歲憂」），就是埋怨（「人生若塵露，天道邈悠悠」）；而無法產生「慈悲喜捨」的胸懷，體驗出生命的喜悅。回顧古人，除了陶淵明、杜甫、曹雪芹少數人，大多的作家似乎一直生活在自我感傷之中，留連忘返。很不幸的，今天的作家大多數亦沒有從以往的知識分子的悲劇有所覺醒，仍然孤芳自賞地躲在各種不同形式的象牙塔裡，玩著文字的遊戲，而不能把我們這個民族所遭受的痛苦結晶爲人類的智慧。這也許就是馬拉末（Bernard Malamud）、貝婁（Saul Bellow）等猶太作家可以在異鄉紮根，而我們卻無法在自己的土地上開花結果的關鍵所在吧！

所以，在台灣的大陸作家固然大多數缺乏你所說的「愛憎感」，就是本地作家，在他「成名」、出國或進入學院派，有了「地位」以後，也往往消失了那種曾經激過他們去「誠懇」創作的熱情。那麼，你編的這本小說選，也許多少尚可以作爲愛好寫作的朋友們之間勉勵和警惕吧！

敬祝

文祺

天驄一九七二年五月二十三日於台北

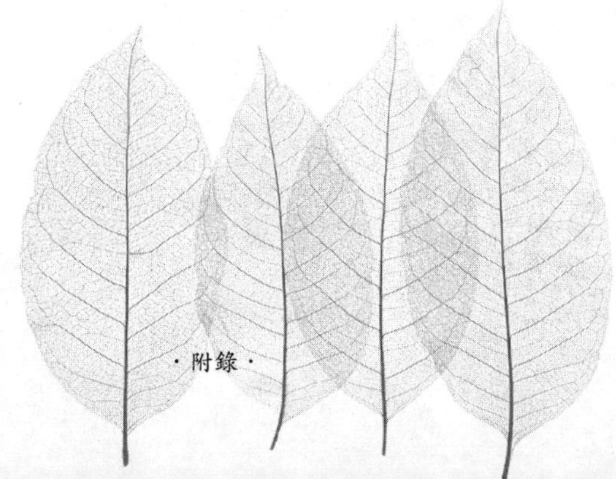

國家圖書館出版品預行編目資料

台灣本地作家短篇小說選／劉紹銘編 .　-- 四版.
-- 臺北市：大地，2003〔民92〕
面；　公分--　（大地文學；18）

ISBN 957-8290-87-X（平裝）

857.61　　　　　　　　　　　　92010509



---

# 台灣本地作家短篇小說選

## 大地文學18

編　　者：劉紹銘
創 辦 人：姚宜瑛
發 行 人：吳錫清
美術編輯：普林特斯
出 版 者：大地出版社
台北市內湖區內湖路二段103巷104號
劃撥帳號：〇〇一九二五二一九
戶　　名：大地出版社
電　　話：（〇二）二六二七七七四九
傳　　真：（〇二）二六二七〇八九五
印 刷 者：久裕印刷股份有限公司
四版一刷：二〇〇三年七月

定　　價：二二〇元

---

E-mail：vastplai@ms45.hinet.net
Printed in Taiwan

地 大地 大地 大地 大地 大地 大地 大地 大地 大地

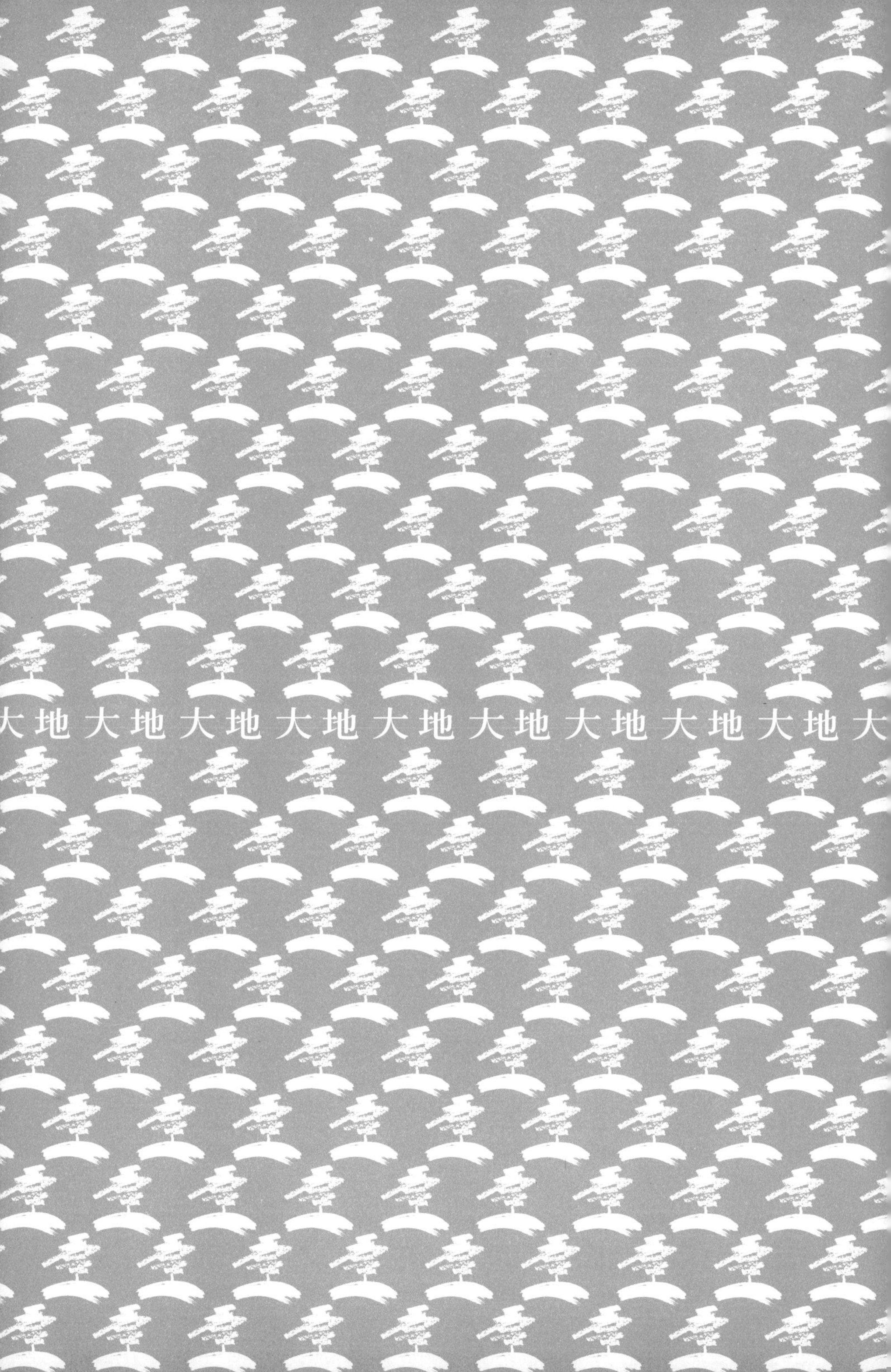
大地大地大地大地大地大地大地大地大